巴蜀民族文化典藏

诗咏朝天一百首汇释

粟舜成 编著

中国文联出版社

图书在版编目（CIP）数据

诗咏朝天一百首汇释 / 粟舜成编著 . ——北京：中
国文联出版社，2023.7
ISBN 978-7-5190-5268-3

Ⅰ . ①诗… Ⅱ . ①粟… Ⅲ . ①诗词—作品集—中国
Ⅳ . ① I22

中国国家版本馆 CIP 数据核字（2023）第 126591 号

编　　著　粟舜成
责任编辑　刘　旭
责任校对　秀点校对
装帧设计　圣立文化

出版发行　中国文联出版社有限公司
社　　址　北京市朝阳区农展馆南里 10 号　邮编　100125
电　　话　010-85923025（发行部）　010-85923091（总编室）
经　　销　全国新华书店等
印　　刷　成都新凯江印刷有限公司

开　　本　880 毫米 ×1000 毫米　　1/32
印　　张　6.5
字　　数　130 千字
版　　次　2023 年 7 月第 1 版第 1 次印刷
定　　价　58.00 元

序

何开四

夫朝天者，千年之古地，造化之大观也。秦巴山浮云东来，变幻出栈道之都千年历史风云；嘉陵江碧波西去，流淌着大道朝天百代辉煌文明。自古江山不负人，面对如此奇观，历代诗人醉月飞觞，芳树晴岚流诗韵。李白歌、杜甫诗、陆游吟、杨慎诵，蔚为蜀道诗歌长廊，彪炳中国诗史。

广元朝天诗友粟舜成，秉承先贤遗风，以文化传承为己任，披沙拣金，从千余首诗词中淘滤出具有代表性的诗作，分"明月峡·朝天峡""龙门阁·龙洞背""大漫天岭·曾家山""水磨河·水磨沟""筹笔驿·朝天驿""朝天岭·朝天关""七盘岭·七盘关"凡七编，成此一部中国蜀道文化史，绘就一幅集嘉陵江流域古今大成的《清明上河图》。

《诗咏朝天一百首汇释》这本书，运用文学批评的眼光精心筛选，从思想内容与艺术技巧并重的角度，收录了72位诗人有关朝天区的诗词108首。所选作品上自汉代，下迄当代。每编按作者生年先后排列，历史发展的轨迹历历分明。

该书是一部优秀的旧体诗读本。中国古典诗歌博大精深，描写内容包罗万象，在咏史言志、赋景抒怀方面尤擅胜场。该书编者披阅三载，以满腔心血凝成这部佳作。广元朝天是巴蜀文明最重要的发祥地之一，其雄秀兼具的自然山川，厚重悠久的历史文化，顶天立地的英雄豪杰，数不胜数的名胜古迹，吸引着一代代优秀诗人，在"川北门户"一展才情，写下一首首动人的诗篇，为中华文学宝库增添一件件价值连城的瑰宝。本书编者优中选优，将这些诗歌名篇精选出来，汇成一部优秀的诗歌读本，成为继承和弘扬优秀传统文化的一项重要成果，充分体现了朝天人的文化自信。

该书是一册诗意的朝天导游长卷。所收录的诗词，或咏人咏史，或咏景咏物，名篇荟萃，珠玑闪耀。作者中既有皇帝贵胄与各级官员，也有普通布衣百姓；既有统兵将帅，也有文人墨客。无论是明月峡、龙门阁、朝天阁、朝天岭，还是曾家山、水磨沟、筹笔驿、七盘关，大蜀道的山山水水、一草一木都在这些诗词中呈现出强大的艺术生命力，都给人以心灵的震撼。品读这本书，就仿佛行走在蜀门大地，便利人们更好地了解朝天、宣传朝天，树立朝天的美好形象，让海内外各界人士更加深入地认知朝天，加强同朝天的全面交流与合作，同时也进一步激发朝天人民的爱乡爱国热情，充分发挥传统诗词在服务当代朝天文化旅游融合发展中的积极作用。

该书是为美丽朝天赋能的佳构。筹笔驿只有在杜牧、李商隐、罗隐、陆游、王士禛、张问陶等文人墨客的诗中才有独特的生命、独特的韵味。本书选编的这些诗歌，也让朝天许许多多的美景胜迹获得了古老的新生。一处风光、一个物件离开人只能是寂寞的存在，是诗人以发现的眼光、诗意的情怀为其赋能，让其具有了文化的内涵，才使其获得了多重的光彩。该书诗作的编选，显然为我们重新发现朝天风光、古迹的意义，打开了一扇新的大门。

该书是思接先贤、品味蜀道的纽带和桥梁。本书让我们看到了历代诗人眼中的朝天是什么样子的，看到了历代先贤是如何诗意地栖居在巴蜀大地的。"今人不见古时月，今月曾经照古人。"我们看到的朝天后土，是前辈诗人看过、走过、写过的，读他们的诗，体验他们描绘的风景事物，我们就和先人建立了一种隐秘的联系，打开了一条文化的通道。读这样的诗，但凡生活在朝天或来过朝天者，自会从诗中体会到古人之心，而未曾来过朝天者，亦会由此建立起对朝天的想象，自然而然地产生实地一游的愿望。

愿《诗咏朝天一百首汇释》的出版能成为朝天学习与传承中华民族优秀传统文化、助推乡村文化振兴的一个契机和起点，成为激活蜀道丰厚文化资源的一种动力。衷心祝愿广大专家学者和诗词爱好者，为建设四川文化强省、广元文化强市而竭尽努力，为实现中华民族伟大复兴奉献智慧和力量。

（作者系中国茅盾文学奖评委、中国鲁迅文学奖评委、全国少数民族文学创作"骏马奖"评委、四川省作家协会原副主席、四川省文艺评论家协会原主席、著名辞赋家）

目 录
CONTENTS

明月峡·朝天峡 二十三首

龙门阁·龙洞背 二十一首

大漫天岭·曾家山 二十一首

筹笔驿·朝天驿 十三首

明月峡·朝天峡

二十三首

　　明月峡，踞秦蜀锁钥、川北门户、嘉陵江上游、广元朝天之南，因峡谷形如一轮弯月，且夜晚过峡，月悬西山，江月辉映，景象蔚为壮观而得名。北宋乐史《太平寰宇记》卷一百三十五《山南西道三·利州》："三峡，谓巫峡、巴峡、明月峡。惟明月峡乃在此郡界。"清嘉庆《大清一统志》卷三百九十《保宁府一·山川》："明月峡，在广元县北八十里。一名朝天峡，江流所经。"其名最早见之于西汉萧何《留收歌》："月峡巍峨兮壁高入天，栈阁连云兮马啸车喧。"南北朝庾信《和赵王送峡中军》诗云："客行明月峡，猿声不可闻。"唐孟浩然《入峡寄弟》诗云："泪沾明月峡，心断鹡鸰原。"明月峡是"全国重点文物保护单位""国家4A级旅游景区"，素有"中国天然交通博物馆"之称。明月峡古栈道与闻名于世的万里长城、大运河并称"中国古代三大杰出建筑"。"明月峡"改名"朝天峡"，源于唐明皇幸蜀的传说。唐天宝十五年（756），唐玄宗为避"安史之乱"奔蜀，蜀中百官在筹笔驿接驾朝拜天子，随后人们将"筹笔驿"改名"朝天驿"，"明月峡"改名"朝天峡"。自宋代以来，"明月峡"与"朝天峡"两个名字同时并存，如宋、元、明、清以及近代的官方志书、历史地理古籍多用历史文化元素突出的"朝天峡"，而古代文学作品则常用具有文学色彩浓郁的"明月峡"。

明皇幸蜀图 （唐）李昭道

李昭道（675—758），字希俊，别称小李将军，陇西成纪（今甘肃省秦安县）人。唐朝宗室，画家。

传世作品有《春山行旅图》《明皇幸蜀图》（现藏中国台湾台北市故宫博物院）。

萧　何（前257—前193），沛郡丰邑（今江苏徐州丰县）人。西汉初年丞相、政治家。与张良、韩信并称"汉初三杰"。谥号"文终"。

留收歌①

西汉·萧何

留收巴蜀兮，廪盈丰年②。
汉王北伐兮，势若拔山。
月峡巍峨兮③，壁高入天。
栈阁连云兮，马啸车喧。
舟筏北上兮，粟谷万石④。
汉军精锐兮，取我中原⑤。

【注释】

①本诗录自明月峡老虎嘴《颂萧何碑》。粟舜成编注、2009年作家出版社出版的《诗意明月峡》及雍思政编注、2014年中国文联出版社出版的《朝天历代诗歌汇释》亦载。汉高祖元年（前206）十二月，项羽在鸿门（位于秦都咸阳郊外，今陕西省西安市临潼区新丰镇鸿门堡村）宴请刘邦。翌年正月，项羽自立为西楚霸王，在戏水（今陕西临潼东北戏水西岸）分封各路诸侯。四月，刘邦被封为汉王，前往南郑（今陕西汉中市南郑区）。八月，刘邦采纳张良等"明修栈道，暗度陈仓"之计，

"引兵东定三秦，何以丞相留收巴蜀，填抚谕告，使给军食"（见《史记·萧相国世家》）。此即《留收歌》产生的时代背景。明月峡老虎嘴北侧临江绝壁上，有南宋淳熙丙午（1186）仲春桥阁官刘君用刻《颂萧何碑》，依稀可辨二十六字："沛公为汉中王，王巴、蜀、汉中……都……王留公于南郑，收巴蜀租，给助军粮……"可为佐证。2008年"5·12"汶川特大地震，老虎嘴严重受损，萧何碑碎裂坠入江中，今仅存遗址。

②廪盈：仓库满储粮食。廪，本义米仓。泛指粮食仓库。汉晁错《论贵粟疏》："广蓄积，以实仓廪。"

③月峡：亦作"月硖"，"明月峡"之省称。又名朝天峡。因峡谷形如一轮弯月，且夜晚过峡，月悬西山，江月辉映，景象蔚为壮观，故名。唐卢照邻《益州至真观主黎君碑》："乃剑门西拒，邛关南望。星桥对斗，像牛汉之秋横；月硖萦城，疑兔轮之晓落。"巍峨：高大壮观、雄伟矗立貌。

④粟谷：小米，俗称粟谷。代指粮食。况汉王刘邦定三秦，挥师彭城。萧何坐镇关中，"给助军粮"中当有"粟谷"。石（dàn）：中国市制容量单位，十斗为一石（《说苑·辨物》）。

⑤中原：黄河中下游一带地区，最主要是指今天的河南省，为中国九州中心的豫州，故简称"豫"，且有"中州""中土""中原"之称。这一地区为中华文明、华夏历史最重要的发源地，在古代被华夏民族视为天下中心。

庚　信（513—581），字子山，南阳新野（今属河南）人。原为南朝梁时宫廷诗人，出使西魏被扣留，后入北周，终生不得南归。所作诗赋常有乡关之思，抒写屈身仕于北朝的痛苦，风格悲凉、刚健，与早期作品很不相同。杜甫曾说："庚信文章老更成，凌云健笔意纵横。"正是对他后期作品的评价。庚信是六朝文学集大成的作家，他融合了南北诗风，兼有刚健与柔媚之美，成为唐诗的先驱，在文学史上起了承前启后的作用。有《庚子山集》。

和赵王送峡中军①

南北朝·庚信

楼船②聊习战，白羽试拨军③。
山城对却月④，岸阵抵平云。
赤蛇悬弩影⑤，流星抱剑文⑥。
胡笳遥警夜，塞马暗嘶群。⑦
客行明月峡，猿声不可闻。

【注释】
①这首诗选自1980年中华书局版《庚子山集注》。《庚子山年谱》载："宣帝大成元年己亥（579），（庚信）六十七岁，以疾去职。"赵王宇文招时任益州总管，邀请庚信入蜀游玩散心。于是，庚信乃由秦入蜀，经

明月峡，过剑阁，入梓州，到成都，留下《和赵王送峡中军》《别庚七入蜀》《上益州上柱国赵王》等诗作。

②楼船：中国古代战船，因船高首宽，外观似楼，故名。其船大楼高，远攻近战皆合宜，为古代水战之主力。但亦因船只过高，常致重心不稳，不适远航，故多只在内河及沿海的水战中担任主力。

③挩（huī）军：指挥军队。

④却月：半圆的月亮。《南史·侯景传》："城内作迂城，形如却月以捍之。"

⑤赤蛇：赤色的蛇。古代以为祥瑞之物。弩影：典出汉应劭《风俗通》："予之祖父郴，为汲令，以夏至日请见主簿杜宣，赐酒。时北壁上有悬赤弩，照于杯中，其形如蛇。宣恶之。郴曰：'此弩影似耳。'"

⑥流星：晋崔豹《古今注》曰："吴大皇帝有宝剑六：白虹、紫电、辟邪、流星、青冥、百里。"

⑦"胡笳"二句：汉李陵《答苏武书》曰："胡笳互动，牧马悲鸣。吟啸成群，边声四起。"三国魏杜挚《笳赋序》曰："笳者，李伯阳入西戎所作也。"胡笳，我国古代北方民族的管乐器，传说由汉代张骞从西域传入。三国蜀汉鼓吹乐中亦用之。

孟浩然（689—740），字浩然，号孟山人，襄州襄阳（今湖北襄阳）人，世称"孟襄阳"。盛唐山水田园诗派的代表作家，与王维齐名，并称"王孟"。开元十六年（728）入京应试不第，后以漫游隐居终。有《孟浩然集》。

入峡寄弟①

唐·孟浩然

吾昔与尔辈，读书常闭门。
未尝冒湍险，岂顾垂堂言②。
自此历江湖，辛勤难具论③。
往来行旅弊④，开凿禹功存⑤。
壁直千岩峻，滦⑥流万壑奔。
我来凡几宿，无夕不闻猿。
浦上摇归恋⑦，舟中失梦魂。
泪沾明月峡，心断鹡鸰原⑧。
离阔星⑨难聚，秋深露已繁。
因君下南楚⑩，书此示乡园。

【注释】

①这首诗选自2018年中华书局版《孟浩然诗集校注》。中国孟浩然研究会会长、湖北文理学院教授王辉斌著，2017年武汉大学出版社版《孟浩然新论》上编《孟浩

然年谱》载："唐开元十二年（724）七月底，孟浩然从长安出发，西游蜀川，自川北南下，经利州、剑门至广汉西三千里，而西入峨眉。"《入峡寄弟》诗当作于川北明月峡（一说峡指长江三峡）。沿途的艰险开阔了他的眼界，也使他产生了思乡怀亲之情。恰逢有人欲赴襄阳，于是写了这首诗寄给他的弟弟们。

②"岂顾"句：（过去在家闭门读书，没有经历过危险）哪里理会垂堂之诫呢？顾，顾念、理会之意。垂堂言，古谚云："千金之子，坐不垂堂。"盖惧檐瓦坠落伤人。

③具论：意犹尽述。

④弊：疲弊，困难，艰辛。

⑤"开凿"句：古代天下大水，洪水横流。大禹治水，开山凿河，导水入海，天下以平。《淮南子·主术训》："禹决江疏河，以为天下兴利。"言大禹开凿蜀峡之功，至今犹存。

⑥潨（cóng）：水流声。言水流澎湃，万壑奔腾。

⑦摇：摇荡。归恋：归思。

⑧鹡鸰（jí líng）：鸟名。用《诗经》"脊令在原"典，借指兄弟间的感情。想到兄弟手足情深，不觉伤心，故曰"心断"。

⑨离阔：犹离别。星：散。

⑩君：所托寄诗之人。南楚：江陵一带（包括襄阳）。江陵在汉代为南郡治所，襄阳亦属南郡。本诗所谓南楚，实指襄阳。

李　白（701—762），字太白，号青莲居士，又号"谪仙人"，绵州昌隆县（今四川江油）青莲乡人。继屈原之后最杰出的浪漫主义诗人，被誉为"诗仙"。与杜甫并称"李杜"。为了与另两位诗人李商隐与杜牧即"小李杜"区别，杜甫与李白又合称"大李杜"。其人爽朗大方，爱饮酒作诗，喜交友。其诗风雄奇、飘逸、真率、自然，对当时和后代有巨大影响。有《李太白全集》行世，《全唐诗》录其诗二十五卷。

蜀道难①

唐·李白

噫吁嚱②，危乎高哉！
蜀道之难，难于上青天！
蚕丛及鱼凫，开国何茫然。③
尔来四万八千岁④，不与秦塞⑤通人烟。
西当太白有鸟道⑥，可以横绝峨眉巅⑦。
地崩山摧壮士死，然后天梯石栈相钩连。⑧
上有六龙回日之高标⑨，下有冲波逆折之回川⑩。
黄鹤之飞尚不得过，猿猱欲度愁攀援。⑪
青泥何盘盘⑫，百步九折萦岩峦⑬。
扪参历井仰胁息⑭，以手抚膺⑮坐长叹。
问君西游⑯何时还，畏途巉岩⑰不可攀。
但见悲鸟号⑱古木，雄飞雌从绕林间。
又闻子规⑲啼夜月，愁空山。

蜀道之难，难于上青天，使人听此凋朱颜^⑳。

连峰去^㉑天不盈尺，枯松倒挂倚绝壁。

飞湍瀑流争喧豗^㉒，砯崖转石万壑雷^㉓。

其险也若此，嗟尔远道之人胡为乎来哉^㉔！

剑阁峥嵘而崔嵬^㉕，一夫当关，万夫莫开。

所守或匪亲，化为狼与豺。^㉖

朝避猛虎，夕避长蛇，磨牙吮血，杀人如麻。^㉗

锦城^㉘虽云乐，不如早还家。

蜀道之难，难于上青天，侧身西望长咨嗟^㉙。

【注释】

①此诗是李白于唐天宝二年（743）在长安时所作，诗人当时受到朝廷权贵的排挤。

②噫吁嚱：惊叹声。

③"蚕丛"二句：蜀国开国史事，久远难知。蚕丛、鱼凫（fú），皆是传说中古蜀国的国王。茫然，渺茫难知。

④尔来：自那时以来。四万八千岁：极言时间长久，并非实指。

⑤秦塞：秦地，今陕西一带。

⑥太白：太白山，秦岭主峰。鸟道：极险窄的山路，仅容鸟飞过。

⑦横绝：横渡。峨眉巅：峨嵋山顶。

⑧"地崩"二句：据《蜀王本纪》《华阳国志·蜀志》记载，相传秦惠王赠五美女给蜀王，蜀王派五丁力士迎回。走至梓潼，见一大蛇入穴中，五力士共拉蛇尾使

出，忽然山崩，力士、美女皆被压死。从此山分五岭，秦蜀之间通道始得以开通。此二句即咏其事。天梯，此指陡峭山路。石栈，山险处凿石架木筑成的通道。

⑨上有六龙回日之高标：意谓蜀中山极高，连六龙日车也被阻挡，只能回车。六龙回日，相传羲和驾六龙、载日神，每日由东而西驶之。高标，指高山。

⑩回川：迂曲的河流。

⑪"黄鹤"二句：言山之高险。黄鹤，即黄鹄，最善高飞。猿猱（náo），统指猿猴一类。

⑫青泥：青泥岭，入蜀要道，在今陕西略阳县。盘盘：形容盘旋曲折。

⑬萦岩峦：曲折的山路在山峦中回绕。萦，绕。

⑭扪参（shēn）历井：是说因山路极高，可以摸到天上的星宿。"参"和"井"都是天上的星宿。古时以星宿分野，来划分地上区域。"参"为蜀的分野，"井"为秦的分野。胁息：屏住呼吸。

⑮膺：胸部。

⑯西游：因蜀在秦之西，故入蜀称"西游"。

⑰畏途：令人可畏的艰险之途。巉（chán）岩：险峻山岩。

⑱号：悲鸣。

⑲子规：杜鹃鸟，相传是蜀帝杜宇魂魄所化，蜀中最多，鸣声悲哀。

⑳凋朱颜：容颜衰老。

㉑去：离。

㉒飞湍：飞下的急流。喧豗（huī）：喧闹声。

㉓砯（pīng）崖转石：水在峭岸岩石上往复冲击。砯，

水击岩石。万壑（hè）雷：指水击岩石在山谷中发出惊雷声。壑，山谷。

㉔嗟（jiē）：感叹词。尔：你。胡为乎来哉：为什么要来呀！

㉕剑阁：剑门关，为川北门户，在今四川剑阁县北。地在两山之间，易守难攻。峥嵘而崔嵬：山峦险峻的样子。

㉖"所守"二句：如果守关之人不是可靠良善之人，那就同遇着豺狼一样。或，如果。匪亲，不是可靠的人。

㉗"朝避"四句：行于蜀道，既要躲避毒蛇猛兽，还要防备杀人强盗。

㉘锦城：今四川成都。古时以产锦闻名，故称"锦城"或"锦官城"。

㉙咨嗟：叹息。

送友人入蜀

唐·李白

见说蚕丛路，崎岖不易行。①
山从人面起，云傍马头生。②
芳树笼秦栈，春流绕蜀城。③
升沉应已定，不必问君平。④

【注释】

①"见说"两句：听说从这里去蜀国的道路，自古以来都崎岖艰险不易通行。

②"山从"两句：人在栈道上走时，山崖从人的脸旁突兀而起，云气依傍着马头上升翻腾。

③"芳树"两句：花树笼罩着由秦入蜀的栈道，春江碧水绕流蜀地的都城。秦栈，由秦入蜀的栈道。

④"升沉"两句：你的进退升沉都已命中注定，用不着去询问擅长卜卦的君平。君平，"严遵，字君平，蜀人也。隐居不仕，尝卖卜于成都市，日得百钱以自给，卜讫则闭肆下帘，以著书为事"（《高士传》）。

杨　凝（？—803），字懋（mào）功，虢（guó）州弘农（今河南三门峡灵宝）人。唐代宗大历十三年（778）状元及第，官至兵部郎中。《全唐诗》存诗一卷。

别李协

唐·杨凝

江边①日暮不胜愁，送客沾衣江上楼。

明月峡添明月照，峨眉峰②似两眉愁。

【注释】

①江边：此指川陕结合部、川北门户的四川广元市朝天区嘉陵江边。

②峨眉峰：又名小峨眉，在今川北广元市朝天区朝天镇潜溪河北岸，因寺后小山岸门似眉而得名。有寺亦名小峨眉寺，建于唐代，明嘉靖时重修，今名峨嵋禅院。清乾隆《四川保宁府广元县志》卷三之《寺观》："小峨眉，县北六十里。"民国《重修广元县志稿》第二编卷五之《寺观》："小峨眉，朝天镇潜水北岸，寺后小山岸门似眉，故名。"

白居易（772—846），字乐天，晚号香山居士，又称醉吟先生，原籍山西太原，生于河南新郑。德宗贞元十六年（800）进士，官至翰林学士、左赞善大夫。中唐杰出的现实主义诗人，新乐府运动的主要倡导人，被誉为"诗魔"。白居易与元稹共同倡导新乐府运动，世称"元白"，与刘禹锡并称"刘白"。有《白氏长庆集》行世。

送武士曹归蜀

唐·白居易

花落鸟嘤嘤，南归称野情①。
月宜秦岭宿，春好蜀江②行。
乡路通云栈③，郊扉近锦城。
乌台陟冈④送，人羡别时荣。

【注释】

①野情：不受世事人情拘束的闲散心情。

②蜀江：此指嘉陵江。

③云栈：悬于半空中的栈道。此指川陕结合部的广元市朝天区明月峡古栈道。

④乌台：官署名，专司弹劾之职。西汉时称御史府，东汉初改称御史台，又名兰台寺。梁及后魏、北齐或谓之南台，后周则称司宪。隋及唐皆称御史台。唯唐

一度改称宪台或肃政台，不久又恢复旧称。明洪武十五年（1382）改为都察院，清沿用，御史台之名遂废。参阅《通典·职官六》《明会要·职官五》。陟（zhì）冈：《诗·魏风·陟岵》："陟彼冈兮，瞻望兄兮。"后因以"陟冈"为怀念兄弟之典。

元　稹（779—831），字微之，别字威明，唐洛阳（今河南洛阳）人。唐朝大臣、诗人、文学家。历任监察御史、剑南东川详覆史、工部侍郎、尚书左丞、武昌军节度使等职。诗与白居易齐名，并称"元白"，且同为新乐府运动的积极倡导者。代表作有《莺莺传》《菊花》《离思五首》《遣悲怀三首》等。有《元氏长庆集》行世。

使东川·江楼月①

唐·元稹

嘉陵江岸驿楼中，江在楼前月在空。
月色满床兼满地，江声如鼓复如风。
诚知远近皆三五，但恐阴晴有异同。②
万一帝乡还洁白，几人潜傍杏园东。

【注释】

①诗题下作者自注："嘉川驿望月，忆杓（biāo）直、乐天、知退、拒非、顺之数贤，居近曲江，闲夜多同步月。"诗写嘉川驿望月，回忆与诸贤曲江步月。嘉川驿，中唐置，北宋改名望云驿，在今嘉陵江上游、四川广元市朝天区沙河镇望云村。曲江，即指陕西长安东南的曲江池。池面七里，池水曲折，因称曲江。

②"诚知"二句：意谓同是三五明月夜，但阴晴有异同，抑郁担忧，实为政治斗争旋涡中忧谗畏讥心情的流露与反映。

杜 牧（803—853），字牧之，京兆万年（今陕西西安）人。晚唐著名诗人。文宗大和二年（828）进士，官终中书舍人。诗、赋、古文并工，诗歌成就最高，当时与李商隐齐名，并称为"小李杜"。古体豪健跌宕，骨气遒（qiú）劲，近体情致俊爽，风调轻利，七绝尤为人所称道。有《樊川文集》。

暮春因游明月峡故留题

唐·杜牧

从前闻说真仙景，今日追游①始有因。
满眼山川流水在，古来灵迹必通神②。

【注释】

①追游：寻胜而游，追随游览。

②灵迹：圣贤的事迹。此指西汉丞相萧何经明月峡往陕西汉中运送军粮、蜀汉将军费祎整修明月峡栈道及蜀汉丞相诸葛亮在明月峡旁筹笔驿筹划军机等事迹。亦引申为明月峡先秦栈道奇迹。通神：通于神灵。形容本领极大、才能非凡。

薛　逢（生卒年不详），字陶臣，蒲州河东（今山西永济）人。会昌元年（841）进士，授万年尉，历侍御史、尚书郎。恃才怠傲，曾两度被贬，累迁巴、蓬、绵三州刺史，官至秘书监。《全唐诗》录其诗九十首。

嘉陵江

唐·薛逢

备问嘉陵江水湄①，百川东去尔西之②。
但教清浅源流在，天路朝宗会有期。③

【注释】

①备问：详细询问。湄：岸边，水与草交接的地方。

②百川：江河湖泽的总称。尔：你，指嘉陵江。西之：向西流。嘉陵江自陕西宁强县阳平关始为西向，入川经广元市朝天区、利州区，至昭化区昭化镇望喜驿，折而东流。

③"但教"两句：只要江水都有源头，它不断地流淌，总有一天会汇合到一起。但教，只要让，只要使。朝（cháo）宗，比喻小水流注大水。

王安石（1021—1086），字介甫，号半山，别称王荆公、王文公、临川先生，抚州临川（今江西抚州临川）人。宋仁宗庆历二年（1042）进士。神宗时为宰相，创新法以改革弊政，遭到大官僚大地主的反对。后辞官退居南京。王安石是北宋著名的政治家、思想家、文学家、改革家，唐宋八大家之一。有《王临川集》等文集传世。亦擅诗词，有名作《桂枝香》等。最得世人哄传之诗句莫过于《泊船瓜洲》中的"春风又绿江南岸，明月何时照我还"。

和文淑①

北宋·王安石

天梯云栈蜀山岑②，下视嘉陵水万寻③。
我得一舟江上去，恐君东望亦伤心。

【注释】

①文淑：王文淑（1025—1080）。临川人。王安石之妹。年十四，嫁比部郎中张奎。博闻强记，工诗善画。宋神宗元丰三年（1080）卒。封长安县太君。事见《王临川集》卷九十九《王氏墓志》。

②云栈：悬于半空中的栈道。岑：高。

③万寻：极言嘉陵江水之深。寻，古代的长度单位，一般认为八尺为一寻。

朝天峡 林散之

林散之（1898—1989），名霖，又名以霖，字散之，号三痴、左耳、江上老人等，祖籍安徽和县，生于江苏南京市浦口区。诗人、书画家，尤擅草书。曾任中国书协江苏省分会名誉主席。与赵朴初、启功等称之诗、书、画"当代三绝"，被誉为"当代草圣"。代表作有《许瑶诗论怀素草书》《自作诗论书一首》《李白草书歌行》等。

陆　游（1125—1210），字务观，号放翁，越州山阴（今浙江绍兴）人。南宋孝宗时进士。乾道六年（1170）入蜀，先后任夔州、蜀州、荣州、嘉州通判，后入范成大幕府参议。乾道八年（1172）二月、十月、十一月，4次经过广元朝天。淳熙五年（1178）离川回临安（今属浙江杭州），曾知严州，晚年归隐故乡。一生写诗近万首，有《剑南诗稿》《渭南文集》。

感旧①

南宋·陆游

早发金堆市②，更衣石柜亭③。
滩声秋后壮，山色雨余青。
道泞愁车辙，桥危避驼铃。
功名竟何在？抚事感颓龄④。

【注释】

①据欧小牧编、1981年人民文学出版社版《陆游年谱》，宋陆游著、钱仲联校注、2005年上海古籍出版社版《剑南诗稿校注》所载，宋乾道八年（1172）十月，陆游因公自兴元（今陕西汉中市）至阆中（今四川南充市阆中市），途经广元朝天时写下此诗。

②金堆市：金堆铺，南宋乾道三年（1167）置。今四川广元市朝天区朝天镇金堆村。

③石柜亭：石柜阁，今四川广元市千佛崖。

④颓龄：衰年，垂暮之年。

杨　慎（1488—1559），字用修，号升庵，新都（今四川成都新都）人。武宗正德六年（1511）试进士第一，授翰林院修撰。世宗时，以直言极谏被谪戍云南永昌，投荒三十余年，死于戍所。长期流放，唯以读书著述自娱，记诵之博，著作之丰，推明代第一。有《升庵集》等。

嘉陵江①

明·杨慎

嘉陵江水向西流，乱石惊滩夜未休。
岩畔苍藤悬日月，崖边瑶草②记春秋。
板居③未变先秦俗，刳木④犹疑太古舟。
三十六程⑤知远近，试凭高处望刀州⑥。

【注释】

①这首诗选自1981年四川人民出版社版《杨慎诗选》。

②瑶草：泛指珍美的草。

③板居：也作"版屋"，即"板屋"，用木板建造的房屋。

④刳（kū）木：剖凿木头（用以做舟）。

⑤三十六程：遥远的路。三十六，并非实指，极言其多。程，指以驿站邮亭或其他停顿止宿地点为起讫的一段路。

⑥刀州：《晋书·王濬传》："濬夜梦悬三刀于卧屋

梁上，须臾又益一刀，濬惊觉，意甚恶之。主簿李毅再拜贺曰：'三刀为州字，又益一者，明府其临益州乎？'及贼张弘杀益州刺史皇甫晏，果迁濬为益州刺史。"后因以刀州为益州（今成都）的别称。凭高望蜀，意谓形胜高险。

唐伯虎（1470—1524），明代著名画家、文学家。明宪宗成化六年庚寅（1470）寅月寅日寅时生，故名唐寅。字伯虎，一字子畏，号六如居士、桃花庵主、鲁国唐生、逃禅仙吏等，吴县（今江苏苏州）人。弘治十二年（1499）乡试解元，人称"唐解元"。但蹭蹬科举，布衣终老，而以风流才子闻名。诗画兼善，诗名与祝允明、文徵明、徐祯卿并称"吴中四才子"（民间所说"江南四大才子"），画名与沈周、文徵明、仇英并称"明四家"。有《骑驴思归图》《山路松声图》《事茗图》《王蜀宫妓图》《李端端落籍图》《秋风纨扇图》《枯槎鹳鸲图》等绘画作品，藏于世界各大博物馆。

题栈道图①

明·唐伯虎

栈道连云②势欲倾，征人其奈旅魂惊③。
莫言此地崎岖甚，世上风波更不平。

【注释】

①这首诗选自明唐寅撰，陈书良、周柳燕笺注，2020年中华书局版《唐伯虎集笺注》。诗由画中所绘崎岖的栈道言及人生之路的艰险，颇有哲理意味。

②栈道：在绝险处凿岩架木而成的路，又名"阁

道""栈阁"。连云：与天空之云相连。形容高远，众多。

③征人：出征或戍边的军人。旅魂：指征人的魂梦。唐刘禹锡《泰娘歌》："安知鹏鸟座隅飞，寂寞旅魂招不归。"

费　密（1623—1699），明末清初著名学者、诗人和思想家。字此度，号燕峰，别号跛道士，新繁（今四川成都新都）人。流寓扬州、泰州，以教授、卖文为生。当道拟举鸿博，荐修《明史》，皆为辞。其诗以汉魏为宗，在清初较有影响。王士禛赏其"大江流汉水，孤艇接残春"句，遂与之订交。费密著述甚丰，著有《燕峰集》《鹿峰集》。

栈　中①

清·费密

栈阁通秦陇，青天不易行。②
轻身过绝险，不负有平生。
白马岩中出，黄牛壁上耕。
野花埋辇路，幸蜀只空名。③

【注释】

①这首诗选自清孙桐生辑、1985年巴蜀书社版《国朝全蜀诗钞》卷一。民国徐世昌编、2018年中华书局版《晚晴簃诗汇》卷三十三亦载。

②"栈阁"两句：通秦陇的栈道，像上青天一样，不易行走。秦陇，陕西和甘肃的并称。

③"野花"两句：唐玄宗当年为避"安史之乱"，逃往四川所经过的地方，野花盛开，哪里还看得到幸蜀留下

的遗迹。辇路，天子车驾所经的道路。幸，皇帝亲驾光临。野花埋辇路，《晚晴簃诗汇》卷三十三作"野花埋辇迹"。

朝天峡①

清·费密

一过朝天峡，巴山断入秦②。
大江流汉水③，孤艇接残春④。
暮色偏悲客，风光易感人。⑤
明年在何处，妻子共沾巾⑥。

【注释】

①这首诗选自清孙桐生辑、1985年巴蜀书社版《国朝全蜀诗钞》卷一。民国徐世昌编、2018年中华书局版《晚晴簃诗汇》卷三十三亦载。朝天峡：明月峡。唐明皇为避"安史之乱"幸蜀，文武百官在此接驾朝拜天子，故名。

②断入秦：截断了入秦的道路。

③大江流汉水：大江，指嘉陵江。汉水，此指西汉水。此句意谓：嘉陵江在陕西略阳县北纳西汉水，南流经朝天峡。

④残春：暮春。

⑤"暮色"两句：意谓黄昏的景色使旅客发愁，峡中的风光容易令人感动。《晚晴簃诗汇》卷三十三作"暮色愁过客，风光惑榜人"。

⑥妻子共沾巾：妻子，指妻和子。此句，清费冕《费燕峰先生年谱》作"杯酒慰艰辛"。

王士禛（1634—1711），本名士禛，以避雍正讳改作士正，乾隆时诏命改为士祯。字贻上，号阮亭，自号渔洋山人，新城（今山东桓台）人。顺治十五年（1658）进士，官至刑部尚书。论诗以"神韵"为宗，影响很大，继钱谦益、吴伟业后，领袖诗坛数十年。有《渔洋山人精华录》《带经堂全集》。2007年，齐鲁书社出版有《王士禛全集》。

朝天峡

清·王士禛

朝登嘉陵舟，日出羌水①赤。
履险倦鞍马②，即次③亦称适。
黗黮④双峡来，突见巨灵跖⑤。
崭岩无寸肤⑥，青冥厉双翮⑦。
阴崖积龙蜕⑧，跳波畏鲸掷。
往往压人顶，骇此欲崩石。
洞穴峡半开，兵气尚狼藉⑨。
蛇豕⑩据成都，置戍当险阨⑪。
至今三十年⑫，白骨满梓益⑬。
流民近稍归，天意厌兵革⑭。
会见宾卢⑮人，烧畬开确嵴⑯。
慷慨一扣⑰舷，浩歌⑱感今昔。
风便黎州城⑲，茫茫波涛白。

【注释】

①羌水：古水名。即发源于今甘肃岷县东南的岷江。因在羌族地区而得名。屈曲东南流，先后与白龙江（古桓水）、白水江（古白水）汇合，又东南流经广元西南入嘉陵江。白龙江、白水江与岷江合流的一段，古代皆有羌水之名。此指嘉陵江。

②鞍马：陆路旅行。

③即次：旅人就客舍。

④黗黮（dǎn dàn）：昏暗不明貌。

⑤巨灵：江中神物，如蛟龙之类。跖（zhí）：脚掌。此指像脚掌的石头。

⑥嶄岩：同"巉岩"，险峻之处。寸肤：指土壤草木。

⑦青冥：形容青苍幽远的山岭。厉双翮（hé）：展开双翅疾飞。翮，鸟的翅膀。此指峡两边的悬崖像鸟的两翅。

⑧龙蜕：蛇蜕。明吴承恩《瑞龙歌》："忽然溪壑息波澜，细草平沙得龙蜕。"

⑨狼藉：散乱不整貌，指战火的痕迹。

⑩蛇豕："长蛇封豕"之省称，比喻贪婪残暴的人。

⑪阨（ài）：通"隘"，险要。

⑫至今三十年：明崇祯十七年（1644），张献忠再次入川，于成都称帝，国号"大西"，改元"大顺"，距康熙十一年（1672）王士禛赴任四川学政近三十年。

⑬梓益：梓州和益州。泛指整个蜀中之地。

⑭兵革：兵器和甲胄，指战争。

⑮賨（cóng）：指四川、湖南等地少数民族。卢：姓。

⑯烧畬（shē）：烧荒种田。确嵴（jí）："埆嵴（què jí）"，土地瘠薄。汉蔡邕《京兆樊惠颂》："地有埆嵴，川有垫下。"

⑰慷慨：情绪激昂。扣：通"叩"，敲击。

⑱浩歌：放声歌唱。

⑲便：有利，适宜。黎州城：今四川广元城。黎州，古州名。南朝梁大同二年（536）改西益州为黎州，寻复置西益州，西魏废帝二年（553）改置利州，元至元十四年（1277）升为广元府，明洪武九年（1376）降为广元州，洪武二十二年（1389）降为广元县。

嘉陵江上忆家①

清·王士禛

自入秦关岁月迟，栈云陇树苦相思。②
嘉陵驿路三千里③，处处春山叫画眉④。

【注释】

①此诗写于清康熙三十四年（1695）的春天。诗人桑梓山东，仕路京华，因久客秦蜀而生思归之想，写下这首诗。

②"自入"二句：意谓自从进入关中地区已经很长时间了，四川栈道边的云气、陇南的树木越发思乡。秦关，今陕西一带，古为秦国所据的关中之地。岁月迟，时间已经很久了。陇，甘肃陇山一带。

③三千里：数词虚指用法，形容嘉陵驿路很长。

④"处处"句：春天山野里到处听得见画眉的啼鸣，由此想到闺阁中的妻室。画眉，鸟名，似莺而小，眼部上方有一道白色毛羽，似眉样。后用画眉指夫妇相爱之情。这句用了双关的修辞手法。

张问陶（1764—1814），字仲冶、柳门，号船山、老船、蜀山老猿，四川遂宁人。乾隆五十五年（1790）进士，官至莱州知府。清"性灵派"大家，清代蜀中最杰出的诗人。今存诗三千余首，有《船山诗文集》。1986年，中华书局出版有《船山诗草》。

入栈即事①

清·张问陶

峰影千层密，人烟一缕新。
床头安水碓②，树腹祀山神。
坐石衣衫润，看云笑语真。
此中疑世外，无地著风尘③。

【注释】

①栈：此指四川省广元市朝天区明月峡古栈道。即事：以当前事物为题材的诗，多用为诗词题目。

②水碓（duì）：利用水力舂米的器械。

③风尘：平庸的世俗之事。

张素含，字霜三，山东峄县人，生活于清嘉庆、道光年间。清道光四年（1824），张素含自山东峄县至四川隆昌执教，他将沿途所见所闻记录下来，结集为《蜀程纪略》（见1991年第4期《枣庄市峄城区文史资料》）。

江行望朝天阁①

清·张素含

　　换棹嘉陵渡②，严关③入望惊。
　　乱峰围鸟道，三面走江声。
　　路拟天阊④接，人如月窟行。
　　波心遥望处，滟滪⑤与云平。

【注释】

　　①朝天阁：在今四川省广元市朝天城区小峨嵋公园营盘梁，因唐天宝十五年（756）玄宗避"安史之乱"幸蜀，蜀中百官于此接驾朝觐天子而得名。此阁建于唐末，历代续有修葺，素有"秦蜀第一阁"之称。1905年，日本著名学者山川早水入蜀著有游记《巴蜀》，书中收录和田氏的《朝天阁》照片是国内外唯一一张朝天阁照片。而今所见的朝天阁是在原址上恢复重建的，高40.147米，建筑面积1781平方米，再现了这座千年古阁的历史风貌。

　　②嘉陵渡：此指朝天渡，在今四川省广元市朝天区朝

天镇小中坝、嘉陵江与潜溪河的交汇处，是金牛道上、嘉陵江上游历史最悠久的渡口。唐天宝十五年（756），唐明皇幸蜀，群臣在筹笔驿（后改名"朝天驿"）朝拜天子，"朝天渡"因而得名。

③严关：险要的关隘。此指朝天关。

④天阊：朝天峡两边山峰对峙之处，因其形似门扉，故云。

⑤雉堞：城上的短墙。

张大千（1899—1983），原名张正权，后改名爰，又名季爰，号大千，别号大千居士，四川内江市中人。其创作"包众体之长，兼南北二宗之富丽"，绘画、书法、篆刻、诗词无所不通，山水、人物、花鸟都在中国画史上写下浓重一笔。被世界舆论誉为"当今世界最负盛誉的中国画大师"，被徐悲鸿誉为"五百年来第一人"。与齐白石并称"南张北齐"，与西画泰斗毕加索并称"东张西毕"，被西方艺坛赞为"东方之笔"。荣获国际艺术学会金牌奖，被推选为"全世界当代第一大画家"，为中华民族赢得了巨大荣誉。著有《画说》，出版有《张大千书画集》等选集。名作有《华山云海图卷》《长江万里图》《庐山图》等。

明月峡

现代·张大千

峡势入朝天，汀鱼荐馔鲜。
盘空凿明月，驰想挟飞仙。
青霭①人家住，丹霄②客梦悬。
龙门③思礼佛，椎断一怆然④。

【注释】
①青霭：云气。因其色紫，故称。

②丹霄：绚丽的天空。

③龙门：此指龙门阁。在明月峡北10里处。

④怆（chuàng）然：悲伤的样子。

赵朴初（1907—2000），安徽太湖人，著名作家、诗人、书法家和中国现代社会活动家。曾任中国佛教协会会长，中国佛学院院长，中国宗教界和平委员会主席，中国书法家协会副主席，中国民主促进会中央副主席、名誉主席，全国政协副主席。著有《滴水集》《片石集》《佛教常识答问》等。

由西安赴成都车中

现代·赵朴初

石栈天梯史迹①看，
车如流水走盘盘②。
穿岩破壁风雷③过，
一页轻翻蜀道难。

【注释】

①石栈：在山间凿石架木做成的通道。史迹：过去发生的事件所遗留下来的文物或境域，亦即历史文化遗迹。

②盘盘：曲折回环的样子。

③风雷：风和雷，形容响声巨大。亦喻威猛的力量。

朝天阁赋

当代·粟舜成

夫朝天阁者，大唐明皇幸蜀、百官朝拜天子之地也。北望三秦道，坐拥秦巴山；南俯巴蜀路，闲瞰朝天关。极目天地广，高阁入云端。无愧朝觐地，果然新景观。

登临斯阁，欲醉欲仙。争辉映雕梁画栋，竞奇观斗拱飞檐。红墙映碧瓦，玉阶倚朱栏。园中嘉木秀，亭上翠墨酣。三千奇峰落江河，八百秀水入眼帘。长桥卧波，承载百年梦想；栈道连云，望断万里乡关。小城夕照，一江玉液映灯火；山村晴岚，千岭红叶接霞天。居山而志高，傍水而学渊。一城精英纳天下，一阁神韵阅千年。最是古道销魂处，明月清风伴入眠。

嗟夫，自古锦绣地，从来繁华园。瞻高望远，感慨万端。纵是帝王将相，终归尘土；虽为寒族布衣，自解甘甜。显达之荣华富贵，草没一冢；轩昂之卓越清寒，名垂万年。开阔胸襟，悟以往之可追；满怀豪情，绘未来之更妍。虎啸风生，龙腾云起，勋业成于卓越；长风破浪，扬帆远航，丰碑载于诗篇。龙游太极，凤舞九天[①]。自强不息，敢为人先。

噫吁嚱，时逢盛世，百姓欣欣。栈道之都，文化之阁，惟祝惟颂，赋以咏言：山何巍巍，水何澹澹②，吉祥斯阁，吉祥朝天！

（原载《中华辞赋》2017年第4期）

【注释】

①凤舞九天：凤凰翱翔于九天之上。借指各个领域的优秀人才能够到达很高的境界。九天，天的最高处，形容极高。传说古代天有九重，也作"九重天""九霄"。

②水何澹澹（dàn dàn）：江水波涛激荡。澹澹，水波微微荡漾的样子。

明月峡　张大千

龙门阁·龙洞背

二十一首

　　龙门阁，又称龙门洞、龙洞阁，在今四川省广元市朝天区朝天镇北，108国道、京昆高速朝天段侧，因石穴如门、潜水似龙奔腾入门而得名。其上称龙洞背，有潭毒关等历史文化遗址。唐《元和郡县志》卷二十二《山南道三·兴元府·利州》："龙门山在县东北八十二里。出好钟乳。"北宋《太平寰宇记》卷一百三十五《山南西道三·利州》："龙门山，亦名葱岭山。按《梁州记》：葱岭有石穴，高数十丈，其状如门，俗号为龙门。"清王士禛《蜀道驿程记》："十五日，雨。过七盘关，入四川保宁府广元县界，次神宣驿，上龙洞背。两山夹峙一山，如狞龙奋脊横跨两山之间。下有洞似重城，门可通九轨，水流其中，下视烟雾蓊郁，不测寻丈。自是盘折而上，骑龙背行，四望诸山，如剑芒戟牙。"龙门阁，历史悠久，文化厚重。唐代沈佺期、杜甫、岑参、温庭筠，宋代陆游，明代杨慎，清代王士禛、李调元、张问陶、曾国藩等文人墨客皆有题咏。现为国家4A级旅游景区。

龙门阁　张大千

沈佺期（约656—713），字云卿，相州内黄（今属河南）人。唐高宗上元二年（675）进士，官累中书舍人、太子少詹事。诗与宋之问齐名，并称"沈宋"。有《沈云卿集》。2001年，中华书局出版有《沈佺期宋之问集校注》。

过蜀龙门

唐·沈佺期

龙门非禹凿，诡怪乃天功。①
西南出巴峡，不与众山同。②
长窦亘五里，宛转复嵌空。③
伏湍煦潜石，瀑水生轮风。④
流水无昼夜，喷薄龙门中。⑤
潭河势不测，藻葩垂彩虹。⑥
我行当季月，烟景共春融。⑦
江关勤亦甚，巇崿意难穷。⑧
誓将息机事，炼药此山东。⑨

【注释】

① "龙门"两句：龙门山并不是大禹开凿的，奇特的景观是自然生成的。

② "西南"两句：山势从西南方的巴山峡谷绵延而出，雄伟磅礴的气象与四周重重山峦绝不雷同。

③"长窦"两句：长长的洞穴绵亘蜿蜒达到五里，辗转曲折又空阔深险。窦，洞穴。亘，绵亘，绵延。嵌空，空阔。

④"伏湍"两句：潜行地下的急流隐藏在石头下温暖无比，壮观的瀑布飞流而下产生股股旋风。煦，呼气，此指冲击。轮风，旋风。

⑤"流水"两句：流水奔腾没有白天黑夜，在龙门洞中激荡涌出。

⑥"潭河"两句：河道水深之处不可测量，水草所开的各种颜色的花与彩虹日光相映显得更加耀眼。藻葩，比喻水花。

⑦"我行"两句：我经过龙门阁恰恰在暮春三月，有幸观看春天的景色共享美好和暖的春光。季月，每季末月，此指季春三月。舂（chōng）融，冲融，和暖貌，此指日暮时的景色。

⑧"江关"两句：尤其是经过嘉陵江的险要之处很辛苦，峰峦巍峨绵延不断望不到尽头。嵰崿（yǎn è），高峻貌，此指高峻之山。

⑨"誓将"两句：我立誓将止息有妨道心的机巧之事（俗事），到此山东修造炼药，与世无争过着恬淡的生活。

杜甫（712—770），字子美，巩县（今河南荆州）人。盛唐伟大诗人，被誉为"诗圣"。其诗被誉为"诗史"。晚年居蜀近十年，著诗近九百首。有《杜少陵集》。

龙门阁①

唐·杜甫

清江下龙门，绝壁无尺土。②
长风驾高浪，浩浩自太古。③
危途中萦盘，仰望垂线缕。④
滑石欹谁凿，浮梁袅相拄。⑤
目眩陨杂花，头风吹过雨。⑥
百年不敢料，一坠那得取。⑦
饱闻经瞿塘，足见度大庾。⑧
终身历艰险，恐惧从此数。⑨

【注释】

①这首此诗写于唐乾元二年（759），写龙门阁栈道的崎岖、陡峭。

②"清江"两句：清澈透明的嘉陵江江水从龙门阁奔腾而下，陡峭的崖壁上没有一点泥土附着。

③"长风"两句：大风吹过江水，波涛翻滚，浩浩汤汤，从远古时期就是这个样子。

④ "危途"两句：危险的道路中途环绕盘旋，抬头向上看，栈道像一条垂吊的细线。

⑤ "滑石"两句：在光滑倾斜的石壁上靠着什么凿的孔呢？傍江岸架设的栈道在支柱上摇晃振动。欹（yī），叹词，表示赞叹。

⑥ "目眩"两句：奇花异草丛生其间，既高又远，花色隐见，仰望久之，目眩意昏。风吹雾落，如雨落在行人头上。

⑦ "百年"两句：一旦坠落下去，便会葬送生命，哪还能保百年之寿呢？

⑧ "饱闻"两句：常常听说经过瞿塘峡的险峻，也不难想象经过大庾岭的艰险。

⑨ "终身"两句：一生经历艰难险阻，恐惧当从此数起。

岑　参（715—770），江陵（今湖北荆州江陵）人。唐天宝三年（744）进士，官终嘉州刺史，卒于成都。他是盛唐边塞诗派的代表诗人，与高适齐名，并称"高岑"。七言歌行最为人称道。有《岑嘉州集》。2018年，中华书局出版有《岑参诗笺注》。

赴犍为经龙阁道①

唐·岑参

侧径转青壁，危梁透沧波。②
汗流出鸟道，胆碎窥龙涡③。
骤雨暗溪谷，归云网松萝④。
屡闻羌儿笛，厌听巴童歌。
江路险复永，梦魂愁更多。
圣朝幸典郡⑤，不敢嫌岷峨⑥。

【注释】

①唐永泰元年（765），岑参受任嘉州刺史，赴任途中作此诗。因蜀中发生叛乱，中道而返。翌年被杜鸿渐表为职方郎中兼殿中侍御史，入其幕府协助平叛。大历二年（767）始到任。犍为：据《旧唐书·地理志》载：隋眉山郡，唐武德元年（618）改为嘉州，天宝元年（742）改为犍为郡，乾元元年（758）复为嘉州，属剑南道。此处犍为是嘉州旧称，非指嘉州属县犍为。龙阁道：龙门

阁道。

②"侧径"两句：意谓傍着悬崖的小道随着青石壁盘旋上下，水边高高的栈桥架设在清波之上。危梁，高桥，此处指架设在水边的栈道。

③龙涡：指从龙门洞涌出的流水。

④归云：傍晚飞回山中的云。松萝：一名女萝，地衣类植物，多攀附在松树上生长，故名。

⑤典郡：主管一郡政事，谓任郡守。

⑥岷峨：岷江和峨眉山的并称。这里泛指蜀地。

温庭筠（yún）（801—866），本名岐，字飞卿，并州祁（今山西太原祁县）人。文思敏捷，每入试，押官韵，八叉手而成八韵，故有"温八叉"之称。屡试不第。仕途不得意，官终国子助教。诗与李商隐齐名，时称"温李"；词与韦庄齐名，并称"温韦"。为"花间派"鼻祖，对词的发展影响很大。其诗今存三百多首，有清曾益等注、上海古籍出版社出版的《温飞卿诗集笺注》。其词今存七十余首，有后蜀赵崇祚编、杨景龙校注、中华书局出版的《花间集校注》。

老君庙①

唐·温庭筠

紫气氤氲②捧半岩，莲峰仙掌共巉巉③。
庙前晚色连寒水，天外斜阳带远帆。
百二关山扶玉座④，五千文字闷瑶缄⑤。
自怜金骨⑥无人识，知有飞龟在石函⑦。

【注释】

①老君庙：在今四川省广元市朝天区中子镇宣河村（古称神宣驿）西南、朝天镇龙门阁（龙洞背）上。清张邦伸撰《云栈纪程》卷五《自宁羌州至广元》："（神宣驿）驿西岩上石洞，名老君洞，一名通仙洞，有石刻载'唐明皇幸蜀，见老君于此'。陆游《老君洞》云：

'丹凤楼头语未终，崎岖蜀道复相逢。太清宫阙俱煨烬，岂亦南来避贼锋。'洞旁有老君庙，明时有老僧楚修庙中，后归寂，尸僵不化，今犹存。"老君，即太上老君。道教奉先秦道家老聃（dān）为教祖，并把他神化为"至尊无上，神变无方"的天神。

②紫气：紫色云气。古代以为祥瑞之气。附会为帝王、圣贤等出现的预兆。氤氲（yīn yūn）：烟云弥漫。

③莲峰、仙掌：本指道教圣地华山山峰名，此指老君庙周围的山峰。巉巉（chán chán）：形容山势峭拔险峻。

④百二关山：山河险固之地，以二万人可敌百万之师。玉座：皇帝的御座。

⑤五千文字：道教的主要经典《道德经》。《史记·老子韩非列传》："（老子）著书上下篇，言道德之意五千余言。"閟（bì）：关闭，此为保存、收藏之意。瑶缄：藏书的玉箧。

⑥金骨：佛骨，仙骨。东方朔《十洲记》："东海之西岸有扶桑，人食其椹，体骨皆作金色，高飞翔空。"唐李白《感兴》诗之五："西山玉童子，使我炼金骨。欲逐黄鹤飞，相呼向蓬阙。"

⑦飞龟：道家仙药名。石函：岩洞，这里指老君洞。

张方平（1007—1091），字安道，号乐全居士，应天府南京（今河南商丘）人。景祐元年（1034），中茂才异等科，任昆山县（今属江苏）知县。又中贤良方正科，迁睦州（今浙江建德东）通判。历任知谏院、知制诰、知开封府、翰林学士、御史中丞，滁州（今属安徽）、江宁府（今江苏南京）、杭州（今属浙江）、益州（今四川成都）等地长官。神宗朝，官拜参知政事。哲宗立，加太子太保。元祐六年（1091）卒。赠司空，谥文定。著有《乐全集》四十卷。

宿龙门洞

北宋·张方平

路到葭萌①古道边，层崖叠磴入苍烟。
忽逢方丈②在平地，何意中途过洞天。
四面浓岚围碧嶂③，半空急雨迸飞泉。
一宵身世离尘境，却抚征骖④懒下鞭。

【注释】

　　①葭萌：又名葭明，古县名。本古苴侯国，蜀王封其弟葭萌为苴侯。秦置县，治今四川省广元市昭化区昭化古城。汉建安二十二年（217）改汉寿县，晋改晋寿县。此代指广元县。

　　②方丈：原为道教固有的称谓。在道教中，讲人心方

寸，天心方丈，方丈是对道教十方丛林最高领导者的称谓，亦可称"住持"。佛教传入中国后借用这一俗称。狭义的方丈称佛寺住持的居处，亦曰堂头、正堂。广义的方丈除指住持居处外，还包括其附属设施如寝室、茶堂、衣钵寮等。

③碧嶂：青绿色如屏障的山峰。

④征骖（cān）：驾车远行的马。

赵抃（biàn）（1008—1084），字阅道，号知非子，衢州西安（今浙江衢州柯城）人。北宋时期名臣。宋景祐元年（1034）进士。官殿中侍御史，弹劾不避权贵，时称"铁面御史"。历益州路转运使，以龙图阁直学士，知成都知府。以一琴一鹤自随，匹马入蜀。有《赵清献公集》。

题龙门阁

北宋·赵抃

蜀道群山尽可名，更逢佳处愈神清。
初疑谷口连云掩，入见天心满洞明。
怪石磷磷蹲虎豹^①，飞泉落落碎瑶琼^②。
嵬巅别有神仙路，又得攀跻^③向上行。

【注释】

①"怪石"句：奇形怪状的岩石起伏不平，像凶猛的老虎、豹子。磷磷，岩石起伏不平貌。

②"飞泉"句：瀑布飞落，溅射的水花像摔碎的美玉。泉，瀑布。落落，多而连续不断貌。瑶琼，美玉。

③攀跻：攀登。

郭　印（生卒年不详），字信可，号亦乐居士，成都双流人。徽宗政和五年（1115）进士。历官县令、刺史。晚年闲居云溪，性好吟诗。有《云溪集》三十卷，今存《四库全书》辑本十二卷。嘉庆《四川通志》有传。

次韵蒲大受同游龙洞之什①

北宋·郭印

寻幽一访洞中天，路绕青溪水绕山。
翠径崎岖行竹里，红尘咫尺背人间。
侵裾②爽气冷冰雪，漱玉寒流锵佩环③。
更问石庵④窥胜迹，斯游岂复倦跻攀⑤。

【注释】

①次韵：次用所和诗中的韵作诗。也称步韵。蒲大受（生卒年不详）：蒲瀛表字，号漫叟，四川阆中人。主要生活在宋徽宗、高宗年间。与郭印、莫将、何耕雅善，工诗、能词，宗法苏轼。著有《蒲氏漫斋录》。龙洞：又称龙门阁、龙门洞，在四川广元市朝天区境内。清顾祖禹《读史方舆纪要》："（潜水）经神宣驿，又南二十里，经龙洞口，至朝天驿，北穿穴而出，入嘉陵江。"又南宋《舆地纪胜》："自朝天驿入谷十五里有石洞三，水自第三洞发源，贯通两洞，下合嘉陵江。"其石穴，即所谓龙洞。什：诗篇。

②侵裾：寒气透过衣裳。裾，衣服的前后襟，代指衣服。

③漱玉：泉流漱石，声若击玉。语本晋陆机《招隐诗》："山溜何泠泠，飞泉漱鸣玉。"寒流：清冷的小河或小溪。锵：形容金玉相击声。佩环：玉制的环形佩饰物。唐柳宗元《小石潭记》："隔篁竹闻水声，如鸣佩环，心乐之。"

④石庵：唐代景和尚号。贯休有《赠景和尚院》诗。宋释智愚《景和尚号石庵》诗："空岩为怀薜萝门，天巧浑无斧凿痕。花鸟不来云自合，竖拳消息与谁论。"

⑤跻（jī）攀：亦作"跻扳"，犹攀登。宋刘克庄《沁园春·送孙季藩吊方漕西归》词："尽缘云鸟道，跻攀绝顶。"

次韵张季长题龙洞①

南宋·陆游

我昔谒紫皇②，翳凤骖虬龙③，
俯不见尘世，浩浩万里空。
谪堕尚远游，忽到汉始封④。
西望接蜀道，北顾连秦中。
壮哉形胜区，有此蜿蜒宫，
雷霆自鞿鞈⑤，环玦亦璁珑⑥。
石屋如建章⑦，万户交相通。
来者各有得，尽取知无从。
凭高三叹息，自古几英雄？
老我文字衰，挥毫看诸公。

【注释】

①1981年人民文学出版社版《陆游年谱》卷三载：
"宋孝宗乾道八年（1172）春，二月间，先生离夔州任
所，赴权四川宣抚使司干办公事兼检法官职。于春末抵兴
元。经梁山、潾山、邻水、广安、岳池、南充、阆中、
益昌（利州）、大安等地。"据此推测，此诗应是陆游
宋乾道八年（1172）夏秋于陕西兴元（今汉中市）所作。
张季长（？—1207）：张缜表字，属州江源（今四川成都
崇州东南）人。宋孝宗隆兴元年（1163）进士。乾道九年

（1173）除秘书省正字。淳熙九年（1182）为夔州路转运判官。淳熙十三年（1186），提点利州路刑狱。淳熙十五年（1188），知遂宁府。宋光宗绍熙二年（1191），主管建宁府武夷山冲佑观。宋开禧三年（1207）卒。今录诗九首。《崇庆县志》："张缤，字季长，江源人。隆兴进士。初为幕职，迁秘书省正字，大理寺少卿，与郡人阎苍舒同官。后出为夔州路转运使。富于文。晚岁致仕归里，著书凡数百卷。……缤，亦当时名人魁士也。惜行事鲜传。惟与陆游同在南郑幕，交最密，以道义相切琢。缤没后，游赋诗以寄其悲。"

②紫皇：道教传说中最高的神仙。北宋《太平御览》卷六五引《秘要经》："太清九宫，皆有僚属。其最高者，称天皇、紫皇、玉皇。"

③翳（yì）凤：本谓以凤羽为车盖，后用为乘凤之意。骖（cān）：乘，驾驭。虬龙：古代传说中的有角的小龙。

④汉始封：汉中为刘邦始封汉王之地。《史记》卷八《高祖纪》："（项羽）负约更立沛公为汉王，王巴、蜀、汉中，都南郑。"

⑤鞺鞳（tāng tà）：钟鼓声。亦指其他类似的响声。此指雷声。

⑥环玦（jué）：玉环和玉玦，并为佩玉。璁珑（cōng lóng）：明亮光洁的样子。

⑦建章：建章宫。汉武帝刘彻于太初元年（前104）建造的宫苑。跨城筑有飞阁辇道，可从未央宫直至建章宫。建章宫建筑组群的外围筑有城垣。宫城中还分布众多不同组合的殿堂建筑。《史记》卷二《武帝纪》："于是作建章宫，度为千门万户。"

风雨中过龙洞阁^①

南宋·陆游

飘然醉袖怒人扶，箇里何曾有畏涂^②。
卷地黑风吹惨澹^③，半天朱阁插虚无^④。
阑边^⑤归鹤如争捷，云表^⑥飞仙定可呼。
莫怪衰翁心胆壮，此身元是一枯株^⑦。

【注释】

①《陆游年谱》卷三载："此诗乾道八年（1172）春作于绵谷县（今四川广元市）。"

②箇里：亦作"个里"，此中，其中。畏涂："畏途"，险阻可怕的道路，比喻做起来很危险和艰难的事。

③惨澹：阴暗，悲惨凄凉。

④虚无：天空，清虚之境。

⑤阑边：栏杆边。阑，同"栏"。

⑥云表：云外。

⑦元是：犹"原是"。原来是，本来是。汉董仲舒《春秋繁露·垂政》："元，犹原也。"嵇康《琴赋序》："推其所由，似元不解音声。"

再过龙洞阁①

南宋·陆游

天险龙门道，霜清客子②游。
一筇缘绝壁③，万仞俯洪流。
著脚初疑梦，回头始欲愁。
危身无补国，忠孝两堪羞。④

【注释】

①《陆游年谱》卷三载："此诗乾道八年（1172）十月自阆中还南郑时，作于利州道中。本年春，游自夔州赴南郑时，曾游龙洞阁，有《风雨中过龙洞阁》诗，故此来为再过也。"时四川宣抚使王炎幕府解散，陆游将改任成都府路安抚司参议官。此诗描写了龙洞阁的险要，表达了作者为国立功的愿望。

②霜清：形容秋水明净。客子：离家在外的人。

③筇（qióng）：竹名，可作杖，故杖也叫筇。缘：攀缘。这句说，要拄着手杖才能攀缘陡峭的山崖。

④"危身"二句：意谓行走在这样的险道上，未考虑自身的安危，感到羞愧的是既没有为国尽忠，也没有对父母尽孝。

予行蜀汉间道，出潭毒关下，每憩罗汉院山光轩，今复过之，怅然有感①

南宋·陆游

山光轩上几闲游，潭毒关前又小留。
麦陇雪苗寒剡剡②，柘林风叶暮飕飕③。
马行剑阁④从今始，门泊吴船亦已谋⑤。
醉眼每嫌天地迮⑥，尽将万里著吾愁。

【注释】

①这首诗于宋乾道八年（1172）十一月陆游赴成都道中，作于绵谷县（今四川广元市）。间道：偏僻的或抄近的小路。潭毒关：南宋《舆地纪胜》卷一百八十四《利州》："潭毒关，在州北九十里江西仙观山，有御前军屯驻。潭下渊岸。"南宋《方舆胜览》卷六十六："在州北九十里。有御前军屯驻于此。下瞰大江，路皆滑石，登陟颇艰。异时撒离合破兴元，帅刘子羽屯兵于此，以捍蜀口。又其下深潭有一铁索，见则兵动。"遗址在今四川广元市朝天区朝天镇龙洞背上，即清代龙门关。罗汉院：南宋陆游著、钱仲联校注、2005年上海古籍出版社出版的《剑南诗稿校注》卷三注："南宋《舆地纪胜》：'罗汉洞，在绵谷县九十五里。又：罗汉阁记，在楼溪观音

院，戊子端拱元年（988）刻石。'"遗址当在今广元市朝天区龙门阁景区附近。

②剡剡（yǎn yǎn）：发光的样子。

③柘（zhè）：落叶灌木或乔木，树皮有长刺，叶卵形，可以喂蚕，皮可以染黄色，木材质坚而致密，是贵重的木料。飕飕（sōu sōu）：阴冷貌。

④剑阁：北魏郦道元注《水经注》："连山绝险，飞阁通衢，故谓之剑阁。"戴均良《中国古今地名大词典》："以三国时诸葛亮用兵于此，在剑山凿石架空，建飞梁阁道，故名。"《中国县级以上政区地名史考》："以境内的大、小剑山峰峦联络，飞阁通衢，故名剑阁。"

⑤"门泊"句：杜甫在成都所作绝句："门泊东吴万里船。"

⑥迮（zé）：狭窄。

蜀栈连云图 马企周

马企周（1886—1937），原名马骀，字企周，又字子骧，别号环中子，又号邛池渔父，西昌县（今四川省西昌市）人。回族。清末民初著名画家、美术理论家和教育家。著有《马骀画宝》《企周画集》等。

洪咨夔（kuí）（1176—1236），字舜俞，号平斋，临安（今属浙江杭州）人。嘉泰元年（1201）进士。官至刑部尚书、翰林学士，知制诰，加端明殿学士。卒谥忠文。南宋诗人。著有《春秋说》三卷、《西汉诏令揽钞》等。

潭毒关

南宋·洪咨夔

倚天翠壁夹黄流^①，伛偻哎哑挽上舟^②。
今古英雄愁绝处^③，夕阳筹笔驿东头^④。

【注释】

①黄流：泛指洪水。

②伛偻（yǔ lǚ）：腰背弯曲。哎哑："哎呀"，表示惊讶。此句指作者在潭毒关下潜溪河行船一事。

③"今古"句：此指南宋绍兴二年（1132），利州路经略史兼兴元府知府刘子羽在潭毒关抗击金兵一事。见南宋《方舆胜览》卷之六十六《利州·山川》。

④"夕阳"句：太阳在筹笔驿之东10里处的龙洞背上升起，这正是潭毒关所处的位置。

任　翰（1501—1591），字少海，号忠斋，又号无知居士，南充（今四川南充）人。嘉靖八年（1529）进士，官至翰林院检讨、史馆经筵官。以劾削职，乡居著述授徒，卒。有诗名，与陈束、王慎中、唐顺之、赵时春、熊过、李开先、吕高合称"嘉靖八才子"，与杨慎、赵贞吉、熊过合称"蜀中四大家"。著有《春坊集》《钓台集》《少海文集》等，多佚。《明蜀中十二家诗钞》录存其《忠斋诗》十六首。《明史》、清嘉庆《南充县志》有传。

题龙门阁

明·任翰

剑外烟花春可怜[1]，寻芳遥坐翠微[2]烟。
君侯未放郎官醉[3]，更上清溪载酒船。

【注释】

①可怜：可爱。《玉台新咏·无名氏古诗〈为焦仲卿妻作〉》："东家有贤女，自名秦罗敷。可怜体无比，阿母为汝求。"

②翠微：指青翠掩映的山腰幽深处。

③"君侯"句：《汉书·张汤传》载，宣帝时，安世车骑将军光禄勋富平侯，"郎有醉小便殿上，主事白行法，安世曰：'何以知其不反水浆邪？如何以小过成

罪！'郎淫官婢，婢兄自言，安世曰：'奴以恚怒，诬污衣冠。'告署适奴。其隐人过失，皆此类也"。李白《寄王汉阳》诗："锦帐郎官醉，罗衣舞女娇。"君侯，汉以后，用为对达官贵人的敬称。

望江南·其十三

明·杨慎

故园好，
最忆是龙门。
洞底渔舟藏夜壑①，
山头佛刹挂朝暾②。
暧暧③远人村。

【注释】

①夜壑：幽深的山谷。

②山头佛刹：此指龙门阁上的老君庙，唐温庭筠、南宋陆游皆有诗。朝暾（tūn）：初升的太阳。

③暧暧（ài ài）：迷蒙隐约貌。晋陶潜《归园田居》诗之一："暧暧远人村，依依墟里烟。"

龙门阁①

清·王士禛

众山如连鳌，突兀上龙背。
鳞鬣②中怒张，风雨昼晦昧③。
出爪作之而④，神奇始何代。
乱水趋嘉陵，波涛势交汇。
万壑争一门，雷霆走其内。
直跨背上行，四顾气什倍。
夕阳下岷峨，天彭⑤光破碎。
咫尺剑门关，益州此绝塞⑥。
子阳昔跃马，妖梦成怡傥⑦。
区区王与孟，泥首终一概⑧。
李特亦雄儿，僭窃竟何在？⑨

【注释】

①民国二十六年（1937）商务印书馆版《渔洋山人精华录》作"龙门阁"；2007年齐鲁书社版《王士禛全集》作"龙洞背"。

②鳞鬣：龙的鳞片和鬣毛。

③晦昧：昏暗，阴暗。

④之而：须毛。《周礼·考工记·梓人》："作其鳞之而。"清戴震《〈考工记〉补注》："颊侧上出者曰

之，下垂者曰而，须鬣属也。"

⑤天彭：天彭门，又称天彭阙，在今四川成都江堰市灌口山。《水经注·江水》引《益州记》云："秦昭王以李冰为蜀守，冰见氐道县有天彭山，两山相对，其形如阙，谓之天彭门，亦曰天彭阙。"又四川彭州市彭门山，亦称天彭阙或天彭门。

⑥绝塞（sài）：度越边塞或极远的边塞地区。

⑦"子阳"两句：公孙述表字，王莽时为导江卒正，后起兵据有益州，先自立为蜀王，汉建武元年（25）四月称帝，国号大成，建元龙兴。建武十二年（36）为汉军所破，被杀。妖梦，《后汉书·公孙述传》："述梦有人谓之曰：'厶子系，十二为期……遂立为天子。'"怡儗（chì yì），犹豫不果决。

⑧"区区"两句：区区，愚拙，平庸。王与孟，指前蜀后主王衍和后蜀后主孟昶。泥首，以泥涂首，表示自辱服罪，犹言囚首、投降。概，气概，节操。

⑨"李特"两句：西晋末流民起义领袖，带领流民入蜀就食，组织武装起义，抗击官军，攻城略地。太安二年（303）九月病卒于郫城。其子李雄于晋光熙元年（306）称帝。历李班、李期、李寿、李势的"成汉"政权凡四十余年，至晋穆帝永和三年（347）为东晋大司马桓温所灭。僭（jiàn）窃，此处指窃取帝位者。僭，超越本分，旧时指地位在下的人冒用在上者的名义、礼仪或器物。

爱新觉罗·胤礼（1697—1738），清康熙帝第十七子，雍正帝异母弟。康熙四十四年（1705）从幸塞外。雍正元年（1723）被封为果郡王，管理藩院事。雍正六年（1728）进果毅亲王，先后管工部、户部。雍正十二年（1734）赴泰宁送达赖喇嘛回西藏，雍正十三年（1735）还京师，受遗诏辅政。乾隆三年（1738）二月卒。幼从学沈德潜，豁达识体，不参与皇权之争。又聪明持重，政绩斐然。工书法，善诗词，好游历，四川名山大川皆布其足迹，留有遗踪。有《春和堂集》《静远斋集》《奉使纪行诗集》等。

龙门阁

清·爱新觉罗·胤礼

不知秦蜀险，拨雾下龙门。
深窦①长六里，宛转山三宫②。
雷鸣走其内，乱水相争中。
胆碎出溪谷，汉流眼朦胧。

【注释】

①深窦：幽深的水道。宋周密《齐东野语》："王闻变，易敝衣，匿水窦中，久面得之。"

②三宫：三座仙人居住的房屋。宋王象之《舆地纪胜》："自朝天驿入谷十五里有石洞三，水自第三洞发源，贯通两洞，下合嘉陵江。"其石穴，即所谓龙洞。这里是把龙门三洞比成三宫。

彭端淑（1699—1779），字仪一，号乐斋，清眉州丹棱（今四川丹棱）人。清代官员、文学家、教育家。与李调元、张问陶并称"清代四川三才子"。从雍正十一年（1733）中进士任吏部主事，至乾隆二十六年（1761）辞官回乡，由正七品官至正四品官，前后为官近三十年，为官清慎、为政干练。《清史列传》、嘉庆《四川通志》有传。工诗善文，著有《白鹤堂文集》《白鹤堂诗稿》《白鹤堂诗话》《白鹤堂晚年自订诗稿》等。《为学一首示子侄》（简称《为学》）一文入选我国中学语文课本，成为脍炙人口的优秀散文。1995年，巴蜀书社出版《彭端淑诗文注》。

龙洞背①

清·彭端淑

万山亘②回环，嶙峋③阻绝涧。
群流争一窟，水石相哄战④。
晦霾无白昼⑤，神物倏隐见⑥。
创辟类鬼工⑦，俯瞰目亦眩。
在昔闻龙门，平生未及践。
禹功⑧不到处，宇宙多怪变。
巨石结构牢，遥遥终古奠⑨。

【注释】

①这首诗选自清孙桐生选辑、巴蜀书社版《国朝全蜀诗钞》卷十一。

②亘：延续，绵长。《彭端淑诗文注》作"互"。

③嶙峋：山石峻峭、重叠。

④"水石"句：河水与石头相互撞击，发出声音。

⑤晦霾（huì mái）：昏暗混浊貌。霾，空气中因悬浮着大量的烟、尘等微粒而形成的混浊现象，俗称"落黄沙"。这句《彭端淑诗文注》作"晦明霾白昼"。

⑥倏（shū）：物体忽隐忽现。见：同"现"，出现。

⑦鬼工：言技艺极其精巧，非人力所能为。

⑧禹功：指夏禹治水的功绩。

⑨遥遥：久远，《彭端淑诗文注》作"久矣"。终古：久远，自古以来。奠：设酒食以祭。

蜀道奇观　李半黎

李半黎（1913—2004），原名李周裕，河北省高阳县人。著名书法家。曾任四川省顾问委员会委员，四川日报社总编辑、社长、党委书记，四川省书法家协会主席，全国书协理事。

李调元（1734—1803），字羹堂，号雨村，别署童山蠢翁，清绵州罗江（今四川绵阳安州）人。乾隆二十八年（1763）进士。由吏部文选司主事迁考功司员外郎，办事刚正，人称"铁员外"。历任翰林编修、广东学政、直隶通永兵备道。清代四川戏曲理论家、诗人，与张问陶、彭端淑合称"清代四川三才子"，与其从弟李鼎元、李骥元合称"绵州三李"。李调元是继杨慎之后四川出现的又一位百科全书式的大学者。著有《童山文集》《雨村诗话》《雨村曲话》《雨村剧话》等，辑有《全五代诗》《函海》等。

龙洞背①

清·李调元

众水如游龙，曲折赴龙洞。
雷霆争荡激，涛声怒相闹②。
人从背上行，乍觉鳞鬣③动。
造次出之而④，阴风生暗恐。
横梁高于墉⑤，跨天俨成蛛⑥。
十里马蹄脱，九折羊肠恸⑦。
不敢此暂停，去去催我鞚⑧。
犹闻远滩声，汹汹隔山送⑨。

【注释】

①这首诗选自清孙桐生选辑、巴蜀书社版《国朝全蜀诗钞》卷十四。

②阅（hòng）：古同"哄"，喧闹。此处指水石相击。

③鳞鬣：龙的鳞片和鬣毛。

④造次：须臾，片刻。之而：须毛。

⑤墉：城墙。

⑥偠：偠然。蛛（dōng）："螮蛛"的简称，即彩虹，又称美人虹。此处说龙洞背形状像虹霓（喻拱桥）。

⑦羊肠：喻指狭窄曲折的小路。恸（tòng）：极悲哀，大哭。

⑧鞚（kòng）：带嚼子的马笼头。

⑨汹汹：形容形容波涛的声音。隔山送：隔山传来。

李骥元（1755—1799），字称其，号凫塘，绵州罗江（今德阳罗江）人。乾隆四十九年（1784）进士。官至左春坊左中允，入直上书房。善诗文，有《中允诗集》六卷（含《云栈稿》《凫塘集》）。《清史列传》《四川通志》有传。

龙洞背①

清·李骥元

逆龙引秦水，直向此山送。
山灵②塞前途，云崖密无缝。
龙怒张爪牙，穿石遂为洞。
千里辟成河，一门开若瓮。
水声与石声，今古两相阅③。
山中何所闻，来去鸟音哢。
幽意快心曲④，徐揽青丝鞚⑤。

【注释】

①这首诗选自民国徐世昌编、2018年中华书局版《晚晴簃诗汇》卷一百五。

②山灵：山神。

③阅（hòng）：古同"哄"，喧闹。此处指水石相击。

④幽意：幽闲的情趣。心曲：犹心绪。

⑤青丝鞚（kòng）：带嚼子的马笼头。

龙洞背①

清·张问陶

潜水波涛悍②，神龙窟宅尊③。
羌童翻浪小，石燕蹴④沙昏。
雪乱群峰影，山留古凿痕。
北风催急景，萧瑟⑤忆家村。

【注释】

①这首诗选自张问陶撰、1986年中华书局版《船山诗草》卷四。诗题下作者自注："《水经注》谓为龙门阁。"

②潜水：今潜溪河，在今四川省广元市朝天区北，属嘉陵江支流。唐李泰《括地志》："潜水一名复（伏）水，今名龙门水，源出利州绵谷县东龙门山大石穴下也。"按照《括地志》描述的地理位置，今陕西宁强县巴山镇石坝子村断头岩龙洞潭，即潜溪河之源。潜水由此进入秦蜀名关七盘关，流经四川广元市朝天区的中子镇、朝天镇，最后注入嘉陵江，全长43.3公里。悍：凶猛。

③窟宅：神怪的居处。尊：尊崇。

④蹴（cù）：踢，踏。

⑤萧瑟：形容环境冷清、凄凉。

曾国藩（1811—1872），初名子城，字伯涵，号涤生，宗圣曾子七十世孙。中国近代政治家、战略家、理学家、文学家，湘军的创立者和统帅。道光十八年（1838）进士，入翰林院，与李鸿章、左宗棠、张之洞并称"晚清中兴四大名臣"。官至两江总督、直隶总督、武英殿大学士，封一等毅勇侯，谥号"文正"，后世称"曾文正"。著有《曾文正公全集》。

入陕西境六绝句其三①

清·曾国藩

　　乱山合处响沈沈②，古洞③千年海样深。
　　独卧篮舆④初梦觉，时闻脚底老龙吟⑤。

【注释】

　　①这首诗选自清曾国藩撰、2018年朝华出版社版《曾文正公诗文集》。诗题下作者自注："十月一日"。据2017年岳麓书社版《曾国藩年谱》、2018年中华书局版《曾国藩全集》所载，曾国藩于清道光二十三年（1843）七月始由北京出发去四川成都，至十一月二十日回到北京，历时五个月，历经数省。"九月卅日：行四十七里，尖沙河驿。又四十三里，住朝天镇。中间过朝天关，甚高，千盘百折，望对山瀑布，尤可爱。十月初一：行七十里，住较场坝。十月初二：早，行廿里，

尖黄坝驿，陕西境也。又五十里，住宁羌州，作七绝六首。"此诗当为道光二十三年（1843）十月一日作者过朝天龙门阁、十月二日驻今陕西宁强县所作。

②沈沈：深邃貌。《史记·陈涉世家》："入宫，见殿屋帷帐，客曰：'夥颐！涉之为王沈沈者！'楚人谓多为伙天下传之，伙涉为王，由陈涉始。"

③古洞：此指龙门洞，亦称龙门阁、龙洞阁。

④篮舆：古代供人乘坐的交通工具，形制不一，一般以人力抬着行走，类似后世的轿子。也说古时一种竹制的坐椅。《晋书·孝友传·孙晷》："富春车道既少，动经江川，父难于风波，每行乘篮舆，晷躬自扶持。"

⑤诗末作者自注："两山忽合中如长虹，名龙洞背。下有洞可容数千人。"

大漫天岭·曾家山

二十一首

　　唐代时，曾家山称为"大漫天岭"（朝天岭称为"小漫天岭"），因山岭高入云端，遍布天空，故名。其名最早见于唐元稹诸诗。元代时，曾家山称为"藁本山"，因山中生长茂密的草本植物"藁本"而得名（见元李祖仁《广元路古道记》）。清道光以后，曾家山俗称"曾家河"，因曾有曾姓人家在此居住而得名（见道光严如熤《三省边防备览》）。2006年，为精准反映当地历史、地理、经济、文化特征，推进文化旅游融合发展，广元市朝天区人民政府遵循国务院《地名管理条例》、民政部《地名管理条例实施细则》有关规定，将"曾家河"更名为"曾家山"。曾家山踞秦巴南麓、川陕接合部，平均海拔1300米，幅员面积700平方公里，素有"溶洞王国，石林洞乡""小养胜地""蜀道亚高原，康养曾家山"之美誉。2007年12月12日，曾家山被国家旅游局命名为"全国农业旅游示范点"。2011年9月，曾家山被中国医师协会命名为"中国西部生态养生基地"。2011年12月，曾家山被全国旅游景区质量等级评定委员会评为"国家4A级旅游景区"。2017—2020年，曾家山连续四年荣登"中国十大避暑名山"榜。

蜀山春雨图　李可染

　　李可染（1907—1989），江苏徐州人。画家齐白石的弟子。中国当代著名的中国山水画大师、杰出的艺术教育家。曾任中央美术学院教授、中国美术家协会副主席、中国画研究院院长。代表画作有《漓江胜境图》《万山红遍》《井冈山》等，代表画集有《李可染水墨写生画集》《李可染中国画集》《李可染画牛》等。

张　说（yuè）（667—731），字道济、说之，河东（今山西永济）人。官至宰相，封燕国公。擅长诗文，与苏颋（封许国公）齐名，并称"燕许大手笔"。有《张燕公集》。

过蜀道山

唐·张说

我行春三月，山中百花开。
披林入峭蒨①，攀登陟崔嵬②。
白云半峰起，清江出峡来。
谁知高深意，缅邈③心幽哉。

【注释】

①披：分开，拨开。峭蒨（qiàn）：高耸挺拔的山。

②陟（zhì）：登高。崔嵬（cuī wéi）：本指有石的土山，后泛指高山。

③缅邈（miǎo）：久远，遥远。

漫天岭赠僧①

唐·元稹

五上两漫天，因师忏业缘②。
漫天无尽日，浮世有穷年③。

【注释】

①此诗元和十二年（817）作于自兴元返通州途中。元稹元和四年（809）自京按狱东川，往返两次经过漫天岭；元和十年（815）自京赴通州任及自通州赴兴元疗疾，两次经过漫天岭。此次自兴元返通州，又经过漫天岭。诗写赠僧，亦即作者"五上两漫天"之所悟。漫天岭：唐时地名。因山岭高入云端，遍布天空，故名。有大、小二岭相连。小漫天岭即朝天岭。大漫天岭，元时称为"薰本山"，清道光后俗称"曾家河"，2006年易名"曾家山"。

②因师忏（chàn）业缘：凭借禅师忏悔自身的作为。业缘，佛教语，谓苦乐皆为业力而起，故称为"业缘"。

③浮世：人间，俗世。旧时认为人世间是浮沉聚散不定的，故称。佛教用语指繁华放荡而又虚空的生活。穷年：形容经历的时间长久，终其一生。

题漫天岭智藏师兰若①，
僧云住此二十八年

唐·元稹

僧临大道阅浮生②，来往憧憧利与名③。
二十八年何限客，不曾闲见一人行。④

【注释】

①这首诗元和十年（815）作于自长安赴通州途中。兰若（rě）：梵语"阿兰若"的省称，谓寂静无烦恼之处。此处指寺院。诗人以僧人的独特视角，观照尘世中的芸芸众生。

②浮生：人生。《庄子·刻意》："其生若浮，其死若休。"以人生在世，虚浮不定，因称人生为"浮生"。

③来往憧憧利与名：此句活灵活现地刻画出世俗之人熙来攘往，追逐名利的情形。憧憧，行人往来不绝貌。

④"二十八年"两句：这两句写出阅人无数的僧人，却不曾看到有一个闲人从寺院前走过。何限客，无数过客。何限，无限。

酬乐天闻李尚书拜相以诗见贺①

唐·元稹

初因弹劾死东川，又为亲情弄化权②。
百口③共经三峡水，一时重上两漫天。
尚书入用虽旬月，司马衔冤已十年。
若待更遭秋瘴后，便愁平地有重泉④。

【注释】

①此诗元和十三年（818）作于通州。李尚书：李夷简（757—823），字易之，李唐宗室、大臣。历官山南节度、御史大夫。元和十三年（818）三月迁门下侍郎同平章事。有诗作《西亭暇日书怀十二韵献上相公》。诗写李尚书当宰相虽刚满一月，而自己从当初因为弹劾权臣贵戚，含冤被贬，到今天已近十年。如果还要等到再遭受此地瘴气的侵袭后召回长安，可能人都已经不在了。

②作者自注："予为监察御史，劾奏故东川节度使严砺，籍没衣冠等八十余家，由是操权者大怒，分司东台日。又劾奏宰相亲因缘，遂贬江陵士曹耳。"

③百口：全家。

④重泉：深渊。

高　骈（821—887），字千里，幽州（今北京）人。咸通元年（860）进士，历任淮南节度使、剑南西川节度使，后封燕国公、渤海郡王。《全唐诗》录其诗一卷。

入　蜀①

唐·高骈

万水千山音信希②，空劳魂梦到京畿③。
漫天岭上频回首，不见虞封④泪满衣。

【注释】

①唐僖宗乾符二年（875），高骈在赴任成都尹、剑南西川节度使的途中，收到前线密集的战报，南诏军队正在猖狂劫掠西川各大县城。僖宗颁下诏书，令高骈前往西川应敌。高骈翻越秦岭入蜀，频频回望京城，不免伤感，写下《入蜀》诗。

②希：同"稀"，稀少。

③京畿：国都及其附近的地区。此指唐都长安。

④虞封：典出《史记·晋世家》："成王与叔虞戏，削桐叶为珪以与叔虞，曰：'以此封若。'史佚因请择日立叔虞。成王曰：'吾与之戏耳。'史佚曰：'天子无戏言。言则史书之，礼成之，乐歌之。'于是遂封叔虞于唐。"后以"桐叶封弟"的成语故事引申为兄弟之情。此指诗人在京师中的兄弟及亲人。

罗　隐（833—910），字昭谏，自号江东生，余杭新城（今浙江富阳）人。从唐大中十三年（871）底进入京师开始，参加十多次进士试，全部铩羽而归，史称"十上不第"，改名罗隐，隐居于九华山。光启三年（887），归江东，投靠杭州人杭州刺史钱镠，历任钱塘令、司勋郎中、节度判官、给事中等职。官终盐铁发运使。工诗能文，与陆龟蒙、皮日休齐名。又与罗虬、罗邺并称"三罗"，誉满江左。主要著作有《江东甲乙集》《谗书》《淮海寓言》《两同书》《吴越掌记》等。清人辑有《罗昭谏集》。

漫天岭①

唐·罗隐

西去休言蜀道难，此中危峻已多端②。
到头未会苍苍色③，争得禁他两度谩④。

【注释】

①漫天岭：原题目及末句作"谩"，"谩"通"漫"，弥漫。

②多端：多头绪，多方面。

③未会：未合。会，符合、投合。苍苍色：天空的颜色，指天意。苍苍，指天。

④争得：犹"怎得"。禁：经得住，受得了。两度谩：大、小漫天岭。作者自注亦云："岭有大漫天、小漫天，故云。"

张　先（990—1078），字子野，乌程（今浙江湖州吴兴）人。北宋词人，婉约派代表人物。天圣八年（1030）进士。官至尚书都官郎中。曾入蜀知渝州。晚年退居湖杭之间。曾与梅尧臣、欧阳修、苏轼等游。善作慢词，与柳永齐名，造语工巧，曾因三处善用"影"字，世称"张三影"。有《张子野诗》一卷、《子野词》四卷。

漫天岭

北宋·张先

不独高明不可谩^①，仍知不似泰山安。
五丁破道秦通蜀^②，却被行人脚下看^③。

【注释】

①不可谩：不可以轻慢。谩，轻慢，对人不尊重。

②"五丁"句：《水经注》卷二十七引来敏《本蜀论》云："秦惠王欲伐蜀而不知道，作五石牛，以金置尾下，言能屎金，蜀王负力，令五丁引之成道。秦使张仪、司马错寻路灭蜀，因曰石牛道。"

③脚下看：现时看。脚下，目前，现时。

钱瘦铁（1897—1967），名崖，字叔崖，别字瘦铁，行一，别号数青峰馆主、天池龙泓斋主，江苏无锡人。中国画会创始人之一。与苦铁吴昌硕、冰铁王大炘并称「江南三铁」。为吴昌硕大师之后，与来楚生先生双双以自己强烈的个人面目，卓立于印坛大家的诗书画印四绝大家。有《瘦铁印存》存世。

韩　琦（1008—1075），字稚圭，自号赣叟，相州安阳（今河南安阳）人。北宋政治家、词人。宋仁宗天圣五年（1027）进士。初授将作监丞，历枢密直学士、陕西经略安抚副使、陕西四路经略安抚招讨使。与范仲淹共同防御西夏，名重一时，时称"韩范"。之后又与范仲淹、富弼等主持"庆历新政"，至仁宗末年拜相。宋英宗时，参与调和帝后矛盾，确立储嗣之位。累官永兴节度使、守司徒兼侍中，封魏国公。《宋史》有传。曾宦蜀中，存诗二十一卷。著有《安阳集》五十卷。《全宋词》录其词四首。

漫天岭

北宋·韩琦

欲使行人直过难，倚江凌汉任盘盘[①]。
纡回[②]到顶终须下，如此天高甚处漫。

【注释】

①凌汉："高凌云汉"的省称。凌，升高，在空中。汉，天河。盘盘：曲折回环的样子。

②纡回：曲折回旋。

郭 奕（生卒年、籍贯不详），宋高宗绍兴元年（1131）为川陕京西诸路宣抚司僚属。后改通判普州，不赴，以卖蒸饼为生。事见南宋徐梦莘辑《三朝北盟会编》卷一四五。今存诗三首。

题漫天坡①

南宋·郭奕

大漫天是小漫天②，小漫天是大漫天。
只因大小漫天后，遂使生灵③入四川。

【注释】

①明杨慎编《全蜀艺文志》卷二十三作《赠张浚入蜀》。

②大漫天：大漫天岭，今川北广元市朝天区曾家山。唐代元稹有《漫天岭赠僧》等诗。小漫天：小漫天岭，今川北广元市朝天区朝天岭。南宋《舆地纪胜》引南宋范子长《皇朝郡县志》云："朝天岭即漫天寨也。"

③生灵：人民，百姓。

何景明（1483—1521），字仲默，号白坡，又号大复山人，信阳（今河南信阳浉河）人。明弘治十五年（1502）进士，授中书舍人。正德初，宦官刘瑾擅权，何景明谢病归。刘瑾诛，官复原职。官至陕西提学副使。为明代"前七子"之一，与李梦阳并称文坛领袖。其诗取法汉唐，一些诗作颇有现实内容。有《大复集》。2009年，人民文学出版社出版有《何景明诗选》。

两河口①

明·何景明

东下商南②路，西辞蜀北门。
青山两河口，古戍③百家村。
曲栈盘林杪，危湍喷石根。④
经过回白首⑤，踪迹半乾坤。

【注释】

①这首诗极写两河口地势的险要，衬托出作者白首跋涉走遍乾坤的世途之难。

②商南：明郭子章《郡县释名》陕西卷上："曰商南者，在商州之南也。"又名"鹿城"，在今陕西省东南部。明成化十三年（1477）于今皂角铺置商南县。成化十七年（1481）移治今城关镇，属商州。1914年属汉中道。1928年直属陕西省。2001年属商洛市。

③古戍：边疆古老的城堡、营垒。唐陶翰《新安江林》诗："古戍悬渔网，空林露鸟巢。"明刘基《古戍》诗："古戍连山火，新城殷地笳。"

④"曲栈"二句：意谓栈道在丛林中盘旋曲折，激流拍打着山脚的岩石。诗句突出了古戍的险要。

⑤经过回白首：白首，犹白发。此句点明作者的状况和心境，同时暗示自己在这曲折险要之地，白首跋涉，其经历是多么的悲戚和沧桑。

西路杂述其二

明·杨慎

路学盘蛇上，人缘磨蚁旋。①
深于小有洞，阴过大漫天。②

【注释】

①"路学"两句：道路像盘绕曲折的蛇一样蜿蜒而上，人像磨盘上的蚂蚁一样沿着道路盘旋而行。

②"深于"两句：山上的溶洞又深又小，隐藏起来数不胜数，胜过大漫天岭上的任何景物。

陈以勤（1511—1586），字逸甫，号松谷，别号青居山人，祖籍四川阆中，明顺庆府南充县（今四川南充）人。北宋宰相陈尧佐之后，明朝中期名臣。嘉靖二十年（1541）进士。选庶吉士，授官检讨，迁修撰，后为裕王（明穆宗）讲官。裕王即帝位（1567）后，改元隆庆，擢礼部尚书，进为文渊阁大学士，入阁参理机务。与内阁首辅高拱意见不合，隆庆五年（1571）辞官退归南充老家。《明史》有传。有《青居集》。《明蜀中十二家诗钞》录其诗七十七首。

两河口次何太复①

明·陈以勤

风雪过秦岭，山川异益门②。
两河交渡口，万树合烟村。
栈迥侵云影③，桥危架石根。
吾生倘可寄，修阻信乾坤④。

【注释】

①这首诗选自1986年巴蜀书社版《明蜀中十二家诗钞》之陈以勤《青居集》，杨世明著、2003年巴蜀书社版《巴蜀文学史》之《明代后期的文学》亦载。两河口：古地名，今川北广元市朝天区两河口镇两河村村委会驻地，因罐沟河、大沟河在此交汇而得名。何太复：未详其

里籍、生平。

　　②益门：益门镇，今神农镇，在陕西省宝鸡市渭滨区西南，靠近二里关和大散关，是从陕入川的第一站。元至元二十三年（1357）李思齐在西山上筑城为镇。清雍正《陕西通志》："镇南云栈百折，达荆梁，通滇益，名镇以'益'义取诸此。"

　　③迥（jiǒng）：远。云影：云的影像。

　　④修阻：路途遥远而阻隔。唐钱起《淮上别范大》诗："游宦且未达，前途各修阻。"乾坤：天地。《易·说卦》："乾为天……坤为地。"汉班固《典引》："经纬乾坤，出入三光。"代指国家，江山。

张赓谟，字企丰，山东单县人。贡生。清乾隆十四年（1749）任四川保宁府广元县知县。在任十载，捐俸禄，办社仓，修书院，凿堰渠，恤民情，案无留牍，政绩卓著。

过水槽坪①

清·张赓谟

踏雪山腰不待晴，每将勤补对生平。
一丛木叶覆蛇径，万壑奔泉飞雨声。
过岭人从天外至，入沟马自地中行。
笑他僻处风犹古，下者巢兮上者营②。

【注释】

①水槽坪：民国《重修广元县志稿》第六编第二十五卷《艺文志一》："水槽坪，地近麻柳树场。"蒲孝荣主编、1993年商务印书馆版《中华人民共和国地名词典·四川省》："麻柳树，广元市朝天区麻柳乡人民政府驻地。昔以树名地。聚落依山呈矩形。麻柳民间刺绣著称。"水槽坪在今广元市朝天区麻柳乡石板村八组，紧邻麻柳乡场镇。

②下者巢兮上者营：典出《孟子·滕文公下》："当尧之时，水逆行，泛滥于中国，蛇龙居之，民无所定，下者为巢，上者为营窟。"巢，简陋的住所。营，此指四川省广元市朝天区麻柳乡石板村七组步家营。

观音岩①

清·李调元

突屼②一峰孤，俯仰群山小。
深壑镇潜鲸，长空阻飞鸟。
直上接穹窿③，犹觉青未了④。
石乳滴成枝，倒挂玉龙爪。
洞户启山根，飞楼驾云表。
石幡⑤自古今，清磬⑥无昏晓。
我欲拜南无⑦，六尘徒扰扰⑧。

【注释】

①这首诗选自民国徐世昌编、2018年中华书局版《晚晴簃诗汇》卷九十一。观音岩：在今广元市朝天区曾家山钓滩河上游。河岸石壁刻有清代观音岩摩崖造像及清咸丰《钓滩河观音岩石刻记》。

②突屼（wù）："突兀"，高耸的样子。

③穹窿：同"穹隆"，指天。

④未了：没有完毕，没有结束。犹无穷尽。

⑤石幡（fān）：插在石礅上的一种用竹竿等挑起来垂直挂着的长条形旗子。

⑥清磬（qìng）：清脆悠扬的磬声。磬是佛寺中使

用的一种钵状物，用铜铁铸成，既可做念经时的打击乐器，亦可敲响集合寺众。

⑦南无（nā mó）：又作"南牟"，佛学用语。佛教徒称合掌稽首为"南无"，并常用来加在佛名、菩萨名或经典名之前，表示对佛法的一种尊敬。

⑧六尘：佛教语，即色、声、香、味、触、法。与"六根"相接，便能染污净心，导致烦恼。扰扰：纷乱貌，烦乱貌。

何开四（1945—　），笔名夏文、晓西，四川泸州人。中共党员。1968年毕业于北京大学图书馆学系，1982年毕业于厦门大学中文系。西南交通大学兼职教授。曾任四川省作家协会副主席、四川省文艺评论家协会主席。为享受国务院政府特殊津贴专家，中国茅盾文学奖评委，中国鲁迅文学奖评委，全国少数民族文学创作"骏马奖"评委，全美中国作家联谊会顾问。先后获中宣部"五个一工程"奖、中国电视"金鹰奖"、中国电视"星光奖"、中国"文华奖"等奖项百余项。代表作有《巴蜀文化赋》《成都赋》《曾家山赋》等。

曾家山赋

当代·何开四

天地精气神，广元曾家山。五百里方圆，藏风聚气；八万顷林涛，碧水蓝天。岭高而平，万象峥嵘，世谓川北小西藏；安乐之乡，一方葱茏，人称世外桃花源。

烈日炎炎，避暑之胜地；真气弥空，养生之阆苑。山间松涛生凉意，千金难买夏日寒。召风即风至，邀雨则云生。泉水淙淙，可以洗风尘；万木青翠，可以养我心。朝迎旭日，彩霞万里映山川；夜望澄月，静听天籁生逸兴。清凉世界，神仙洞府，何期欲界有净土，滚滚红尘见天都①！至若秋风飒飒，层林尽染；冬日祥瑞，林海雪原。噫嘻，一夜春风度秦岭，又见曾家百花艳。

若乎天地造化，鬼斧神工：喀斯特地貌之奇绝，地质公园之博览。石笋双峰②挺秀，五指山③岭蜿蜒。钓滩④迷茫，来去无踪，唯江流之至短；汉王巨洞⑤，深不可测，乃岩溶之大观。噫嘻，惊天漏斗知何处，四海回眸川洞庵⑥。探幽寻秘，左右逢源。三里有奥迹，犹见贵妃墓⑦。一日复四季，十里不同天。石林洞乡美如画，锦绣山河入眼帘。

民情何淳厚，间阖⑧有古风。李家狮舞⑨迓远客，曾家锣鼓迎嘉宾。老腊肉，豆花饭，农家宴席十大碗；唱酒曲，过酒关，一醉方休枕青山。麻柳刺绣⑩补造化，汉羌走廊多奇缘。鸡鸣唱三省，天险铸雄关。汉王驻马云飞扬，三国争雄起风烟。最是红军征战地，旌旗猎猎耀山峦。登高望远天地壮，抚今追昔思杳然。

嗟乎，曾家四时皆良辰，曾家有山皆美景；人人尽说曾家好，巴蜀之旅第一程！

【注释】

①欲界：原为佛教语。三界之一。包括地狱、人间和六欲天等。以贪欲炽盛为其特征。后用以指尘世，人世。天都：本义天空。此指帝王之都，天堂之地。

②石笋双峰：在今川北广元市朝天区曾家镇石鹰村石笋坪。今为曾家山"十景"之一。

③五指山：在今川北广元市朝天区曾家镇大竹村。因

山岭起伏，形似五指，故名。

④钓滩：钓滩河。明代时称骂滩河。明万历《钓滩河何金龙范氏墓记》载："北至骂滩垂基。……父置骂滩河。"清代改名钓滩河，因取唐代诗人李白《钓滩》诗题而得名。今俗名吊滩河。在今四川省广元市朝天区曾家山中山地段。北起两河口镇黄柏村荞皮洞，南至曾家镇中柏村白羊栈，全长5公里，素有"世界最短的内陆河"之称。曾家山"十景"之一。观音岩摩崖造像、白果园栈道、马帮古道等热点文化圈、旅游圈分布在这个区域。

⑤汉王巨洞：今汉王洞，在川北广元市朝天区曾家镇中柏村白羊栈附近。相传公元前206年4月，刘邦为北定三秦，曾挥戈曾家山，途经此洞小憩，汉王洞由此得名。洞口向北，大概冥冥之中预示了汉王北伐的方向。现为曾家山"十景"之一。

⑥川洞庵：在今川北广元市朝天区曾家镇响水村莱山山脚。山顶旧有川主庙，故名。清代称"古洞庵"。现为曾家山景区核心景点之一，亦为曾家山"十景"之一。景观"飞天宫"属"世界级大漏斗"，深约670米，长径约650米，中径约400米，短径约50米，容积约0.16亿立方米。它比重庆奉节县的龙缸大漏斗还大，可与美国直径330米、深度70米、号称"世界第一"的阿里希波漏斗媲美。洞内，红四方面军在曾家山初建根据地时议事的秘密场所——望月台以及白莲教首领王聪儿抵御清军所筑的寨门和炮台遗址尚存。

⑦贵妃墓：指杨贵妃之女墓。在今川北广元市朝天区曾家镇荣乐村寺包山崖壁，凿于宋开禧四年（1208）。墓前建有玉人庙，明代改名金蝉寺，清乾隆至嘉庆初年重

修，"文化大革命"期间损毁。现存宋墓2座、宋代摩崖碑刻1通、清碑2通。2012年7月16日，四川省人民政府将其公布为"第八批省级文物保护单位"。

⑧闾阎（lú yán）：原指里巷内外的门。后泛指民间，亦借指平民百姓。

⑨李家狮舞：始于唐代时期，流行于川北广元市朝天区李家镇。属于民间舞蹈中的拟兽舞，常以引狮郎头戴一具笑面与狮逗弄，率舞而乐。它是巴蜀民间艺术宝库中一颗璀璨的明珠，是我国民间传统艺术与中外文化交流、友好往来的历史产物。

⑩麻柳刺绣：始于唐代时期，以主产地四川省广元市朝天区麻柳乡而得名，是流传于麻柳、曾家、李家、临溪、两河口等乡镇的汉羌融合的民间刺绣。作品通过对人物、山水、动物、花卉的夸张、概括、变形而形成特殊的装饰语言，具有浓郁的乡土气息。绣品针线绵密、色彩鲜艳、组合巧妙，极富装饰意味和艺术美感，具有重要的文化价值和极高的艺术价值。2008年6月，麻柳刺绣被国务院公布为"国家级非物质文化遗产"。2010年3月，麻柳刺绣注册"国家地理标志证明商标"。2014年2月，麻柳刺绣被国家质检总局批准实施"国家地理标志产品保护"。2018年5月，麻柳刺绣被文旅部和工信部纳入"首批国家传统工艺振兴目录"。2019年1月，朝天区被文化和旅游部命名为"中国民间文化艺术之乡"。

黄芝龙（1946—　　），四川巴中巴州人。中华诗词学会会员，中国楹联学会会员，四川省作家协会会员。四川省楹联学会副会长，广元市诗词楹联学会常务副会长。出版有《乡韵词草》《朝天诗韵》《韵流网海》等8部诗词集。

踏莎行·麻柳刺绣

当代·黄芝龙

衣裤荷包，围腰裹肚。闺中万线千针杼①。红蓝白黑绣团花，嫁妆更惹情郎妒。

丹凤朝阳，灵猫戏鼠②。传神栩栩精工塑。乡姑结伴赶场来，入时多少回头顾。

【注释】

①杼（zhù）：织布机上的筘，古代亦指梭。

②丹凤朝阳：麻柳刺绣吉祥图案之一。丹凤朝阳，比喻贤才赶上好时机。凤，传说为鸟中之王，象征美好、幸福。图案以此构成，寓有完美、吉祥、光明的含义。灵猫戏鼠：麻柳刺绣吉祥图案之一。灵猫亦称玄猫，是从古代流传到现代的辟邪物，是吉祥的象征。"灵猫戏鼠"绣品带有浓厚的地域特色、民族特色，富于趣味性和娱乐性。

血染曾家山钓滩河 黄应泰

黄应泰（1937—2020），四川广元朝天人。中华诗词学会会员，四川省书法家协会会员。出版有钢笔画选《朝天揽胜》，编著《开卷通古今——书知朝天》。

何 革（1967— ），四川旺苍人。中华诗词学会会员，广元市诗词楹联学会副会长。现供职于广元市水利局。著有诗词集《饮露吟风》。

深山古藤

当代·何革

阅尽沧桑百结①腰，千年匍匐老蓬蒿②。
此生未遂凌云志③，只恨身旁树不高。

【注释】

①阅尽沧桑：形容饱经忧患，经历了许多变故。百结：据说葛藤以结为"年轮"，每百年始得一结。此藤共十六结。

②匍匐：爬着向前行进。蓬蒿（hāo）：蓬草和蒿草，亦泛指草丛、草莽，借指荒野偏僻之处。

③未遂：没有达到，没有实现。凌云志：直上云霄，形容志向崇高。

曾家山蔬菜赋

当代·粟舜成

巍巍曾家山，远祧望帝[①]，问鼎汉王[②]，倍极辉煌！清绝尘嚣，白羊栈道泠泠风吟；高凌穹汉，松涛林海悠悠云荡！而今寰球瞩目：川陕返璞归真之圣地，西部生态养生之天堂，全国农业旅游之典范，高山露地蔬菜之大乡。

夫斯菜者，融秦蜀民俗之韵，孕汉羌格骨之性。其形也，朴素而玉洁冰清；其质也，甘甜而润泽滋养。土豆萝卜、甘蓝莴笋，全凭细雨皓雪；脆瓜金菇、香韭玉菠，自是沾雾凝霜。反季时时鲜，馨香沁心房。环保原绿色，有机利健康。蜀之精灵兮，稀世之产；国之精粹兮，朝天之光。追日月而惊艳，煮四水而流芳。

昔日屈子之《招魂》[③]，今朝名菜之滥觞[④]。现切现炖，得鲜汤鲜味；随采随炒，取原汁原香。麻辣鲜辣，胃开口爽；酸辣搅团，辣香醇厚；纸上烧烤，五味调和；番茄青椒，活色生香。能养英雄气，可润美人肠。更有酸菜豆腐、酸菜贵妃鸡、酸菜面鱼子，回味悠长。谚云："三天不吃酸、走路打蹿蹿[⑤]。"醒脑提神、解腻化脂、清热败火、开胃健脾，古今食客趋之若鹜[⑥]：酸味神奇难仿。"中国最佳蔬菜，不可不吃！"鲁迅先生，拍案击掌！

噫嘻！曾家山蔬菜，神农之飨⑦。琼根露叶，鲜嫩共赏。银盘叠翠，玉碟凝香，如花似景，雾绕云翔。山珍野味，庖调绵长。袵席村宴，溢彩流光。曾家山蔬菜幸甚哉，万代飘香！

（原载2014年第6期《中华辞赋》）

【注释】

①望帝：相传商朝时蜀王杜宇称帝，号望帝，为蜀治水有功，后禅位臣子，退隐西山，死后化为杜鹃鸟，啼声凄切。后常指悲哀凄惨的啼哭。元关汉卿《窦娥冤》："若没些儿灵圣与世人传，也不见得湛湛青天。我不要半星血红尘洒，都只在八尺旗枪素练悬。等他四下里皆瞧见，这就是咱苌弘化碧，望帝啼鹃。"

②汉王：此指汉高祖刘邦。公元前206年正月，项羽封刘邦为汉王，治理巴、蜀及汉中地，都城在陕西南郑。刘邦在巴蜀仅待了三个月。四月，刘邦从成都出发，沿金牛道入广元朝天明月峡栈道，过曾家山，仅用一月时间便回到陕西汉中。沿途留迹甚多，如曾家山的汉王洞、白羊栈、走马岭等。

③《招魂》：采用"招魂"的形式，对古荆楚流行的招魂词进行艺术加工后的文学作品。关于《招魂》作者，历来存在争论。东汉王逸《楚辞章句》称《招魂》作者是宋玉，因哀怜屈原"魂魄放佚"，因作以招其生魂。但西汉司马迁作《史记》，在《屈原贾生列传》

中，将《招魂》与《离骚》《天问》《哀郢》并列，并说读了这些作品，而"悲其（指屈原）志"，明确将《招魂》定为屈原作品。近世以来，研究者重视司马迁的提示，多主张《招魂》为屈原所作。

④滥觞（shāng）：本指江河发源处水很小，仅可浮起酒杯。借指事情的起源、发端。

⑤打蹿蹿（cuān）：四川方言。指滚跟头，向前跌倒。

⑥趋之若鹜（wù）：像鸭子一样成群地跑过去。比喻争相追逐不正当的事物。

⑦神农：中国上古传说中教人农耕、亲尝百草的人物，农业、医药由他开始。后世称司农事之官为神农。飨（xiǎng）：用酒食招待客人，泛指请人受用。

麻柳刺绣赋

当代·粟舜成

莽莽曾家灵山，独领养生之风骚；熙熙麻柳古铺①，劲舞刺绣之霓裳②。夫麻柳刺绣者，秦风蜀韵、汉羌格骨之滥觞也。始于大唐武皇，兴于宋元明清，盛于改革开放。国家非遗之奇葩，民间文艺之绝唱。

麻柳刺绣，承蜀绣之魂，博湘绣之长；展苏绣之艳，集粤绣之精。或挑、游、牵，技法多变；或架、扎、串，匠心独运。飞禽走兽、花鸟虫鱼，变形夸张而神韵飞逸；山水人物、婚嫁耕种，气势恢宏而画意含情。数丝而绣，构思精巧；针脚细密，雅趣横生。扛鼎之作③《梅兰竹菊》《凤凰戏牡丹》，逗风弄月；绣苑一绝《八仙过海》《古栈明月峡》，竞艳发荣。自守隐逸而淡泊，共享绮丽而空灵。更有全国非遗传承名家张菊花，传古之针法绝技；四川工艺美术大师胡永蓉，开今之德艺双馨。噫嘻！敢将十指夸针巧，麻柳刺绣冠群英。

美哉，麻柳刺绣！逢盛世而承流，乘东风以业兴。幸福亦可串珠，和色无迹；破碎犹能织锦，丝缕分明。熠熠银针，似玫瑰之刺，恪守宽容自信；丝丝彩线，乃大千人生，岂惧风雨阴晴。志远襟宽兮，神飞九天④潇洒；骋怀极目兮，心系万里沧瀛⑤。

（原载2019年第6期《中华辞赋》）

【注释】

①麻柳古铺：麻柳铺，今川北广元市朝天区麻柳乡人民政府驻地，是曾家山钓滩河古道上最著名的驿铺。南宋淳熙三年（1176）置，因南侧有唐初栽植的麻柳树而得名。

②霓（ní）裳：以霓所制的衣裳。指仙人所穿的服装。

③扛鼎之作：作者所有作品中，最能代表他的写作水平和写作风格的、最有分量的、最受广大读者推崇的、影响力最大的作品，比喻作品（多指文学作品）在社会上的影响广大，意义深远。

④九天：天有极多重，亦指天之极高处。"九"字是数字单数中最大的数字，故有"极限"之意。

⑤沧瀛（yíng）：沧海，大海。指东方海隅之地。唐李白《东海有勇妇》诗："舍罪警风俗，流芳播沧瀛。"

朝天沙河风光　张大千

白发科（1973—　　），四川广元朝天人。大学文化，中共党员。曾供职于朝天区卫生健康局。四川省作家协会会员。出版有诗集《勿忘我》。旧体诗《泸州行》获2019年泸州市人民政府和中国作协《诗刊》社主办的第三届国际诗酒文化大会"诗意浓香"征文大赛银奖。

曾家山秋日行

当代·白发科

双休无所事，秋日曾家行。
曾家山路起，云闲天空明。
曾家山路伏，林静溪水清。
山里何所有？满地瓜和豆。
瓜豆一何多，山高山深何处售？
老农笑我傻又痴，年纪轻轻思想旧。
曾家山深山路长，难掩山花山果香。
闻之沁人心和肺，食之养人胃和肠。
一村一品示范镇，一家一户新楼房。
新村长廊走一走，甘蓝①豆腐高粱酒。
老酒一杯复一杯，醉了游客兼朋友。
朋友一发朋友圈，曾家特产天下诱。
特产从此不愁销，况乃良政架长桥。
石笋坪上红叶美，天星洞里薄雾飘②。
川洞庵③里吼一吼，余音袅袅入云霄。
入得云霄动仙子，争到曾家瞧一瞧。

石林何耸耸，钓滩④何迢迢。

迢迢流江终流海，康养声名传域外。

玉米青蔬原生态，天下友人爱爱爱，订单
如雪买买买。

我今来游曾家山，莫非此地非人寰⑤？

流连流连复留恋，日落星沉不知还。

（原载2020年第2期《东坡赤壁诗词》）

【注释】

①甘蓝：俗称"莲花白""包包菜"，四川广元市朝天区特产。原产地中海沿岸，明清之际传入曾家山。曾家山甘蓝色泽蓝绿，叶球紧实，叶片肉厚，口感清脆，略带甜味。2013年12月，曾家山甘蓝被国家质检总局批准实施"国家地理标志产品保护"。2017年1月，曾家山甘蓝注册"国家地理标志证明商标"。

②石笋坪：在今川北广元市朝天区曾家镇石鹰村，为曾家山景区核心景点之一。天星洞：在今川北广元市朝天区麻柳乡天星洞村。因洞中有一大天洞，昼能沐浴阳光雨露，夜能观赏明月星辰，故名。

③川洞庵：清代称"古洞庵"。曾家山"十景"之一。详见何开四《曾家山赋》注。

④钓滩：钓滩河，又名吊滩河。曾家山"十景"之一。详见何开四《曾家山赋》注。

⑤人寰：人间。

刘贤成（1980—　），笔名刘如风，四川广元朝天人。中华诗词学会会员，四川省楹联学会会员，广元市诗词楹联学会朝天分会常务副会长。新时代川陕甘接合部崛起的农民诗人。

马头岩①日出

当代·刘贤成

烟波腾浩瀚②，赤日破苍茫③。
身遁④云天外，心空意自狂。

【注释】

①马头岩：俗名马脑壳梁上，在今川北广元市朝天区李家镇卫星村、永乐村。从西侧旺苍县天星坪望去，它像一匹威武雄壮的马头，故名。现为曾家山"十景"之一。

②烟波：此指烟雾笼罩的山峦面极广。腾：奔腾、奔跑、跳跃貌。浩瀚：广大、繁多貌。

③赤日：红日，烈日。苍茫：空旷，没有边际。

④身遁："遁身"，犹隐居。

水磨河·水磨沟

十二首

　　水磨沟，原名水磨河，位于秦巴南麓、川陕接合部、广元市朝天区水磨沟镇西北，因沟内置有数座水磨而得名。唐代诗人徐凝、李远、薛能，宋代诗人郭祥正、陆游，清代诗人吴振棫等皆有题咏。现为国家4A级旅游景区。溶洞、峰峦、峡谷、石崖、草甸、瀑布等自然景观以及青猴、大鲵、红豆杉等珍稀动植物遍布景区，形成神奇秀美的独特景观，素有"川北小九寨""秦蜀桃源"之美誉。主要景点有马尾瀑、翡翠峡、月亮峡、石笋峰、贵妃草甸、青龙洞等，是川陕接合部休闲度假、野营探险、生态养生的绝佳旅游胜地。

山河无阻蜀道不难　何海霞

何海霞（1908—1998），原名何瀛，满族，北京人。中国现代著名国画家、书法家，中国画研究院一级美术师。长安画派的主要代表画家之一。曾任陕西国画院名誉院长。1988年入英国《世界名人录》。

徐　凝（生卒年不详），约唐宪宗元和八年（813）前后在世，睦州（今浙江建德市东北）人。唐代诗人。代表作有《奉酬元相公上元》。《全唐诗》录其诗一卷。

送马向入蜀

唐·徐凝

游子出咸京①，巴山万里程。
白云连鸟道，青壁遰②猿声。
雨雪经泥坂③，烟花望锦城④。
工文⑤人共许，应纪蜀中行。

【注释】

①咸京：原指秦代京城咸阳。后常用以借指长安。

②遰（dì）：去，阻隔。

③泥坂：土坡。

④锦城："锦官城"，代指成都。在三国蜀汉时期，因成都蜀锦出名，成为蜀汉政权的重要财政收入，蜀汉王朝曾设锦官和建立锦官城以保护蜀锦生产，锦官城的称呼由此产生而声名远扬。后世常以锦城和锦官城作为成都的别称。

⑤工文：公务文书。出自汉朝荀悦所著的《汉纪》。

李　远（生卒年不详），字求古，一作承古，夔州云安（今重庆云安）人。大和五年（831）进士，历忠、建、江、岳、杭五州刺史，官终御史中丞。善为文，尤工诗。常与杜牧、许浑、李商隐、温庭筠等交游，与许浑齐名，时号"浑诗远赋"。《全唐诗》录其诗三十五首及二残句。

送人入蜀

唐·李远

蜀客本多愁，君今是胜游①。
碧藏云外树，红露驿边楼。
杜魄呼名语②，巴江③作字流。
不知烟雨夜，何处梦刀州④。

【注释】

①胜游：快意地游览。

②杜魄：杜鹃相传为蜀王杜宇（号望帝）之魂所化，故又称"杜魄"。春天啼声不断，似呼唤"不如归去！不如归去！"

③巴江：嘉陵江的古称。2022年版《辞海·巴江》载："《三巴记》：巴江指今嘉陵江。"

④刀州：益州的别称。《晋书·王浚传》："浚夜梦悬三刀于卧屋梁上，须臾又益一刀，浚惊觉，意甚恶

之。主簿李毅再拜贺曰：'三刀为州字，又益一者，明府其临益州乎？'及贼张弘杀益州刺史皇甫晏，果迁浚为益州刺史。"后因以刀州为益州的代称。

薛能（817—880），字大拙，河东汾州（今山西汾阳）人。晚唐大臣，著名诗人。会昌六年（846）进士。累迁嘉州刺史、各部郎中、同州刺史、工部尚书，先后担任感化军、武宁军和忠武军节度使。广明元年（880），为许州大将周岌所逐，全家遇害。癖于作诗，日赋一章。有《薛能诗集》十卷、《繁城集》一卷。《全唐诗》录其诗四卷。

望蜀亭

唐·薛能

树簇①烟迷蜀国深，岭头分界恋登临。
前轩一望无他处，从此西川②只在心。

【注释】

①树簇：树木丛生。

②西川：剑南西川，唐方镇名。至德二年（757）剑南节度使析置剑南东川节度使后，西部地称剑南西川节度使，简称西川节度使。治成都府。范围相当今四川省西部。广德中，复合为剑南节度使。大历中又分置。唐末王建以此为根据地，并两川，建立前蜀。

郭祥正（1035—1113），北宋诗人。字功父，一作功甫，自号谢公山人、醉引居士、净空居士、漳南浪士等。当涂（今属安徽）人。皇祐五年（1053）进士，历官秘书阁校理、太子中舍、汀州通判、朝请大夫等，虽仕于朝，不营一金，所到之处，多有政声。一生写诗1400余首，著有《青山集》30卷。其诗风纵横奔放，酷似李白。

水　磨①

北宋·郭祥正

盘石琢深齿，贯轮激清陂②。
运动无昼夜，柄任谁与持。
霹雳驾飞雪，盛夏移冬威。
功成给众食，势转随圆机③。
翻思兵家言，千仞俯可窥。
又想对明月，大壑投珠玑。
睥睨④巧匠手，不使差毫厘。
牛驴免穿领，僮仆逃胼胝⑤。
利用固已博，沉吟岂虚辞。
愿将水磨篇，荐之调鼎司⑥。

【注释】

①这首诗选自宋郭祥正著、2004年北京图书馆出版社版《青山集》卷十一。

②陂（bēi）：池塘。

③圆机：犹环中。喻超脱是非，不为外物所拘牵。

④睥睨（pì nì）：斜着眼看，侧目而视，有高傲之意。

⑤胼胝（pián zhī）：手掌、脚掌上生的茧子。形容辛劳。

⑥鼎司：指重臣之职位。

梦行益昌道中赋①

南宋·陆游

朱栈青林小益西②，早行遥听隔村鸡。
龙门合畔千寻壁，江月亭③前十里堤。
酒舍胡姬④歌折柳，江津洮马惜障泥⑤。
倦游重到曾来处，自拂流尘觅旧题。

【注释】

①此诗系陆游晚年退居越州山阴（今浙江绍兴）时所作。

②青林：地名，在今四川省广元市朝天区水磨沟镇，因境内多青杠树林而得名。1950年置青林乡，2019年并入水磨沟镇。小益：小益州。古政区名，治今四川广元市。魏宣武帝正始二年（505），立西益州，世号"小益州"。梁大同元年（535），南梁夺回西益州，改名黎州。翌年，黎州刺史席嶷附魏后，复为西益州。后南梁再占，又复名黎州。梁大宝元年（550）北益州刺史杨法琛，据黎州附魏后又复名西益州。恭帝元年（554），西魏大将军尉迟迥率军入蜀，改西益州为利州，并置总管府。

③江月亭：又名江月馆。驿馆名。属宋代大安军（治

所在今陕西省宁强县阳平关镇擂鼓台村）。

　　④胡姬：卖酒女的古称。原指胡人酒店中的卖酒女，后泛指酒店中卖酒的女子。

　　⑤江津：江边渡口。津，渡口。洮（táo）马：洮州（今甘肃临潭）名马。障泥：垂于马腹两侧，用于遮挡尘土的东西。

查（zhā）慎行（1650—1727），清代诗人，文学家，继朱彝尊之后被尊为东南诗坛领袖。当代著名作家金庸先祖。初名嗣琏，字夏重，号查田；后改名慎行，字悔余，号他山，赐号烟波钓徒，晚年居于初白庵，所以又称查初白。杭州府海宁花溪（今浙江省海宁市袁花镇）人。康熙四十二年（1703）进士，特授翰林院编修，入直内廷。后从军西南，随驾东北，所到之处均有所作。诗学苏轼、陆游，诗风清新隽永。艺术上以白描著称，对后来袁枚及"性灵派"影响甚巨。著有《他山诗钞》《敬业堂诗集》《查初白诗评十二种》。

浴罢与实君步入水磨作①

清·查慎行

长日愁经夏②，微凉晚似秋。
气苏③风到面，浴罢月当头。
老树听蝉立，闲溪领鹤游。
饮牛兼洗马，何处辨清流。

【注释】

①这首诗选自清查慎行著、2015年上海古籍出版社版《敬业堂诗集》卷十七。浴罢：洗澡完毕。实君：未详其里籍、生平。

②长日：夏至。夏至白昼最长，故称。经夏：经历夏天。

③气苏：浙江绍兴方言，即霉气的意思。

嘉陵农舍　李可染

徐向前（1901—1990），原名徐象谦，字子敬，山西五台人。伟大的无产阶级革命家、军事家、政治家。中国人民解放军创建人和领导人之一。1955年被授予元帅军衔。曾任全国人大常委会副委员长、中央军委副主席、国务院副总理兼国防部部长。著有《徐向前军事文选》和回忆录《历史的回顾》。

红坪县①题咏

现代·徐向前

川陕儿女志气高，红军威武皆英豪。
勇杀蒋匪②国民党，痛击刘湘③南窜逃。
建立革命苏维埃，工农当家权掌牢。
永远跟着共产党，赤化全球志不摇。

【注释】

①红坪县：1935年1月25日，红四方面军在今水磨沟镇红坪村李家坪成立红坪县苏维埃政权。王守杰任县苏维埃主席。红坪县苏维埃下辖神宣驿、黄坝河2个区苏维埃，黄坝河、刺猪湾、黄坝驿、竹坝河、纸坊铺、中子铺、转斗铺、朝天驿、石板河9个乡苏维埃，40个村苏维埃。县域面积619平方公里，人口5.1万。1935年4月7日，红军奉命北上，红坪县随之撤销。

②蒋匪：指蒋介石（1887—1975）。浙江奉化人。黄

埔军校校长。1924年国共合作后，任黄埔军校中将校长。1926年通过"中山舰事件"和"整理党务案"，成为广州国民政府的实际领导者。1927年"宁汉合流"之后短暂下野，1928年1月回到南京重掌政权，历任国民党中央政治委员会主席、军事委员会主席、国民政府主席兼陆海空三军总司令等职。1935年被国民政府授予特级上将。1949年到台湾，一直连任国民党总裁和"总统"等职。曾任北伐军总司令、国民革命军上将总司令、国民政府主席兼陆海空三军总司令、国民党委员长等职。抗战期间，任中国战区最高统帅。

③刘湘（1888—1938），谱名元勋，字甫澄，法号玉宪，四川成都大邑人。民国时期四川军阀，国民革命军陆军一级上将，四川省政府主席，重庆大学首任校长。1935年2月，出任四川省政府主席，卢沟桥事变爆发的第二天，刘湘即电呈蒋介石，同时通电全国，吁请全国总动员，一致抗日。1937年10月15日，刘湘被任命为第七战区司令长官，兼任集团军总司令，率领川军带病奔赴抗日前线。在抗战前线吐血病发，于1938年1月20日在汉口去世。死前他留有遗嘱："抗战到底，始终不渝，即敌军一日不退中国境，川军则一日誓不还乡！"

青玉案·石笋沟红叶

当代·黄芝龙

　　车驰峡谷霜秋暮，共凝目、云烟伫^①。已让同行巾帼侣。高呼惊叹，滔滔絮语^②，醉似顽童舞。

　　邀山约水同相聚，绝壁幽深向阳处。红染奇峰红几许？斑斓^③树影，悬空叠布，漫^④把乡情诉。

（原载2011年第5期《中华诗词》）

【注释】

①伫（zhù）：长时间地站着。

②絮语：连续不断地低声说话。

③斑斓：色彩灿烂绚丽的样子，非常灿烂多彩。

④漫：随便，随意。

佘彪林（1952—　　），四川苍溪人。曾任雷锋生前所在团副政委、广元市广播电视局机关党委书记、正县级调研员。中华诗词学会会员，中国楹联学会会员，广元市诗词楹联学会副会长。出版有作品集《佘彪林诗词》。

水磨沟山歌

当代·佘彪林

溪沟桥畔草似烟，如黛①春光叠瀑泉。

石刻山歌堪驻足，就中唱尽鹧鸪天②。

【注释】

①黛：青黑色的颜料。古代女子用来画眉。唐代王维《崔濮阳兄季重前山兴》："千里横黛色，数峰出云间。"

②鹧鸪（zhè gū）天：词牌名。又名《思佳客》《醉梅花》《剪朝霞》《骊歌一叠》等。双调五十五字，平韵。或说调名取自唐郑嵎"春游鸡鹿塞，家在鹧鸪天"诗句。然唐五代词中无此调。调始见于北宋宋祁之作。亦为曲牌名。南曲《仙吕宫》、北曲《大石调》，均有同名曲牌。字句格律均与词牌同。北曲或用作小令，或用于套曲中。南曲在各曲谱都列为"引子"，但实际多用于传奇的结尾处。

杨光雄（1965— ），四川南部人。大学文化，武警退休干部。中华诗词学会会员，中国楹联学会会员，广元市诗词楹联学会副会长。著有《西河吟草》。

石笋峰

当代·杨光雄

擎天耸碧①盖群峰，逼得溪流绕几重。
料及无人低看我，超然②一柱撼苍穹。

【注释】

①擎天：托住天，形容坚强高大有力量。耸碧：耸入碧空。

②超然：高出，脱出；离尘脱俗。

水磨少女（2016年） 田瑞龙

　　田瑞龙，1971年生，甘肃成县人。中国美术家协会会员，李可染画院福建分院副主任，陇南市美协副主席，成县天一艺术馆馆长。画作《高原风》获庆祝中华人民共和国成立55周年甘肃美术作品展一等奖。出版有专著《实力派精英田瑞龙专集》《中国当代国画家田瑞龙》《水墨精神田瑞龙集》等。

李俊生（1965—　　），四川省巴中人。大学文化，中共党员。曾任武警四川消防总队广元支队政委、上校军衔，广元市纪委常委、广元市监察局副局长，广元市政协人口资源环境委员会主任。现为中华诗词学会理事、四川省诗词协会党支部书记、广元市诗词楹联学会会长。出版有作品集《李俊生诗词选集》。

马尾瀑

当代·李俊生

万玉千珠何处寻，飞流直下总惊心。
若非误把天门破，哪有银泉唱到今。

马尾瀑

当代·何革

鞭出危崖遍体痕，飞珠溅玉下瑶津[1]。
好凭尾上千斤力，来扫人间百丈尘。

【注释】

[1] 飞珠溅玉：形容水的飞溅犹如珠玉一般。瑶津：天河，仙界。

筹笔驿·朝天驿

十三首

　　筹笔驿即朝天驿，在今四川省广元市朝天区朝天镇朝天村，踞于明月峡景区北门至朝天城区小中坝之间。相传三国蜀汉丞相诸葛亮出兵伐魏，曾驻此筹划军事，因此得名。据严耕望《唐代交通图考》第四卷载，筹笔驿当为中唐以后所置。南宋王象之撰《舆地纪胜》卷一百八十四《利州·景物下》："筹笔驿，在绵谷县，去州北九十九里。旧传诸葛武侯出师尝驻此，唐人诗最多。"明杨瞻修、杨思震纂《保宁府志》卷六《名胜纪·古迹》："筹笔旧驿，县北九十里，即今朝天驿。昔诸葛出师运筹于此。"清顾祖禹撰《读史方舆纪要》卷六十八《四川三·保宁府》："筹笔驿在县北八十里，诸葛武侯出师运筹于此。唐、宋皆因旧名，即今朝天驿也。《志》云：驿有朝天古渡，即潜水所经。"筹笔驿属中国蜀道著名古驿。诸葛亮在此写下千古名篇《后出师表》，历代诗人多有题咏，毛泽东曾手书唐代诗人李商隐、罗隐的诗《筹笔驿》。

朝天驿　吴一峰

吴一峰（1907—1998），名立，字一峰，别名大走客，浙江嘉兴平湖人。20世纪画坛以实景写生推动山水画变革与发展的贡献卓著的重要画家。代表作有《夔门风雨》《峨眉积雪》《寞团飞渡》《嘉陵山色》等，出版有《吴一峰蜀游画集》《吴一峰国画选》等。

陆　畅（生卒年不详），字达夫，吴郡吴县（今江苏苏州）人。唐宪宗元和十五年（820）前后在世。初居蜀，尝为蜀道易一诗以美韦皋。元和元年（806）登进士第。时皋已没，有与之不悦者，诋所进兵器皆镂"定秦"字。畅上言"定秦"乃匠名，由是议息。为皇太子僚属。云安公主出降，畅为傧相，才思敏捷，应答如流。因吴语为宋若华所嘲，作《嘲陆畅》一诗。后官凤翔少尹。有诗才，《全唐诗》录存一卷。

筹笔店江亭①

唐·陆畅

九折岩②边下马行，江亭暂歇听江声。
白云绿树不关我，枉与樵人乐一生。

【注释】

①筹笔店：筹笔驿。江亭：筹笔驿后的怀古亭。

②九折岩：俗称"九道拐"，在今四川省广元市朝天区朝天镇朝天岭下，因"盘曲九折，直达绝顶"而得名。

和野人殷潜之①《题筹笔驿》十四韵

唐·杜牧

三吴裂婺女②，九锡狱孤儿③。
霸主业未半④，本朝心是谁。
永安宫⑤受诏，筹笔驿沉思。
画地乾坤在，濡毫胜负知。
艰难同草创，得失计毫厘。
寂默经千虑，分明浑一期。
川流萦智思，山耸助扶持。
慷慨匡时略⑥，从容问罪师。
褒中秋鼓角，渭曲晚旌旗。
仗义悬无敌，鸣攻固有辞。
若非天夺去，岂复虑能支。
子夜星才落⑦，鸿毛鼎便移⑧。
邮亭⑨世自换，白日事长垂。
何处躬耕者⑩，犹题殄瘁⑪诗。

【注释】

①野人：隐居不仕之谦称。殷潜之：生卒年、籍贯皆不详，自称野人，与杜牧友善。《全唐诗》录其诗1首。

②三吴：古地区名，即吴郡、吴兴郡、会稽郡等三郡辖地，泛指长江下游一带。此处代指三国东吴政权。婺

（wù）女：星宿名，即女宿。又名须女，务女。二十八宿之一，玄武七宿之第三宿，有星四颗。婺州（隋开皇间由吴州改）为其分野，代指东吴占据的地方。

③九锡：古代天子赐给诸侯、大臣的车马、衣服、乐器、朱户、纳陛、斧钺、虎贲、弓矢、秬鬯九种器物，是一种最高礼遇。魏晋六朝掌权大臣夺取政权、建立新王朝率皆袭王莽谋汉先邀九锡故事，后遂以九锡为权臣篡位先声。此代指曹操。狱孤儿：曹操挟持汉献帝作为自己的傀儡。狱，用作动词，把……关进监狱，囚系。此处可释为"挟持"。汉献帝建安元年（196），曹操迎汉献帝刘协都许昌，"挟天子以令诸侯"；十三年（208），进位丞相；十八年（213）五月，封魏公，赐十郡，加九锡，七月建魏社稷宗庙。汉献帝延康元年（220），曹丕代汉称帝，封刘协为山阳公。

④霸主：与曹操、孙权争霸的刘备。业未半：开创帝业尚未完全成功。诸葛亮《出师表》："先帝创业未半，而中道崩殂。"

⑤永安宫：蜀汉行宫名。蜀汉昭烈帝章武二年（222）六月，刘备伐吴兵败虢亭后，退军鱼复，改鱼复县为永安，于其西七里别置永安宫。次年，夏四月癸巳，殂于永安宫。

⑥"慷慨"句：蜀汉后主建兴五年（227），诸葛亮出师伐魏，临行上《出师表》，慷慨陈词，反复劝谏后主"亲贤臣，远小人""开张圣听，以光先帝遗德"，以图实现"兴复汉室"的目标。

⑦"子夜"句：蜀汉后主建兴十二年（234）春，诸葛亮率军出斜谷，据武功五丈原，与魏军相持百余日，八

月病卒于军中。《三国志·蜀书·诸葛亮传》裴松之注引《晋阳秋》云："有星赤而芒角，自东北西南流，投于亮营。三投再还，往大还小，俄而亮卒。"

⑧"鸿毛"句：意谓（诸葛亮去世后）蜀汉政权像鸿毛一样被人轻易地取走了。鼎，夏商周三代传国重器。比喻王位、帝业。

⑨邮亭：驿馆，古代递送文书者投止之处。此指筹笔驿。

⑩躬耕者：亲身耕种的人，农夫。此指"野人"殷潜之。

⑪殄瘁（tiǎn cuì）：困穷，衰败。

李商隐（813—858），字义山，号玉谿生，怀州河内（今河南沁阳）人。文宗开成二年（837）进士。屡充幕僚，官终盐铁推官。李商隐是晚唐乃至整个唐代为数不多的刻意追求诗美的诗人。其借古讽今的咏史诗和缠绵深挚的爱情诗最有特色。近体诗尤其是七律艺术成就很高，与杜牧并称"小李杜"，与温庭筠合称"温李"。有《李义山诗集》。

筹笔驿①

唐·李商隐

猿鸟犹疑畏简书，风云常为护储胥。②
徒令上将挥神笔，终见降王走传车。③
管乐有才真不忝，关张无命欲何如？④
他年锦里经祠庙，《梁父吟》成恨有余。⑤

【注释】

①李商隐的《筹笔驿》流传版本较多。这首诗选自顾青编注、2016年中华书局版《唐诗三百首》。张采田所著《玉溪生年谱会笺》断定此诗为唐宣宗大中十年（856）冬作者罢梓州幕，随柳仲郢还朝，途经筹笔驿所作。李商隐承杜甫《蜀相》咏诸葛亮之笔意，表现其悲剧命运。

②"猿鸟"二句：意谓猿鸟犹疑是畏惧丞相的严明军

令，风云常常护着他军垒的藩篱栏栅。猿鸟，1999年中华书局版《全唐诗》、2015年上海古籍出版社版《李商隐诗集》作"猿鸟"；2016年中华书局版《唐诗三百首》作"鱼鸟"。疑，惊惧。简书，古人把文字写在竹简上，称简书，此指军令。储胥（xū），驻军用的篱栅，此指军营。

③"徒令"二句：意谓诸葛亮徒然在这里挥笔运筹，后主刘禅最终却乘坐邮车去投降。徒令，空教，白让。上将，指诸葛亮。挥神笔，指筹划军事。降王，指后主刘禅。魏景元四年（263），邓艾伐蜀，后主刘禅投降，东迁洛阳，经过筹笔驿。传（zhuàn）车（jū），古代驿用车，此指押解刘禅的囚车。

④"管乐"二句：意谓孔明真不愧有管仲和乐毅的才干。关公张飞已死他又怎能力挽狂澜？管乐，管仲和乐毅的并称。管仲，春秋时齐相，辅佐齐桓公成就霸业。乐毅，战国时燕国大将，曾大破齐国。诸葛亮躬耕南阳时，常自比管仲、乐毅。真，1999年中华书局版《全唐诗》、2015年上海古籍出版社版《李商隐诗集》作"终"，2016年中华书局版《唐诗三百首》作"真"。不忝（tiǎn），不愧。关张，关羽和张飞。孙权派吕蒙袭荆州，关羽遇害；刘备伐吴时，张飞为部将所杀。无命，谓关、张皆非善终。

⑤"他年"二句：意谓往年我经过锦城时进谒了武侯祠，曾经吟诵了《梁父吟》为他深表遗憾！他年，往年。锦里，在成都城南，有武侯祠。《梁父吟》，一作《梁甫吟》，古乐府名。诸葛亮在南阳时，好为《梁父吟》。此处自己借《梁父吟》转指自己的咏史诗。

题筹笔驿

唐·薛逢

天地三分魏蜀吴，武侯倔起赞讦谟^①。
身依豪杰倾心术^②，目对云山演阵图^③。
赤伏运衰^④功莫就，皇纲力振命先徂^⑤。
出师表上留遗恳^⑥，犹自千年激壮夫^⑦。

【注释】

①武侯：三国蜀汉丞相诸葛亮。后主建兴元年（223），封诸葛亮为武乡侯。亮卒，诏谥忠武侯。后人尊称"武侯"。倔：同"崛"。赞：襄赞，帮助。讦谟（xū mó）：大计，宏谋。

②豪杰：才智出众的人，此指刘备。心术：心计，谋略。

③阵图：八阵图。《三国志·蜀书·诸葛亮传》："推演兵法，作八阵图。"借天、地、风、云、龙、虎、鸟、蛇变化之象，作布阵之法。此指诸葛亮筹划伐魏的方略。

④赤伏运衰：谓东汉王朝的纲纪和国运日渐衰颓。赤伏，即赤伏符，汉代流行的一种谶语。《后汉书·光武帝纪上》："光武先在长安时，同舍生强华自关中奉赤伏符曰：'刘秀发兵捕不道，四夷云集龙斗野，四七之际火为

主。'群臣因复奏曰：'受命之符，人应为大……宜答天神，以塞群望。'"谓刘秀上应天命，当继汉统为帝。后泛指帝王受命的符瑞。此指东汉王朝。

⑤皇纲：封建帝王统治天下的纲纪。徂（cú）：同"殂"，死亡。

⑥出师表：诸葛亮《后出师表》。蜀汉建兴六年（228），马谡失街亭，赵云、邓芝败于箕谷，诸葛亮进无所据，被迫撤退，于是引起蜀汉庸臣对诸葛亮北伐的质疑和非难。冬十一月，东吴击败曹休，关中空虚，诸葛亮趁机再次伐魏，行前给后主上表，驳斥了庸臣的非议，表明奉先帝遗愿坚持北伐，"鞠躬尽瘁，死而后已"的决心。悫：真诚，诚挚，诚信。

⑦犹自：还是，尚且。壮夫：壮士。

筹笔驿

唐·罗隐

抛掷南阳为主忧①，北征东讨尽良筹。
时来天地皆同力，运去英雄不自由。②
千里山河轻孺子③，两朝冠剑恨谯周④。
唯余岩下多情水，犹解⑤年年傍驿流。

【注释】

①"抛掷"句：意谓诸葛亮抛弃了南阳的耕读生活，辅佐刘备建功立业。

②"时来"两句：意谓时运来时，天地都会同心协力；时运去时，天地都不同心，英雄也身不由己了。诸葛亮生不逢时，难挽时势，不能实现他"兴复汉室"的宏图。

③孺子：后主刘禅。这句说他不重视先主所开辟的江山。

④两朝冠剑：先主和后主两代的文武大臣。谯（qiáo）周：字允南，巴西西充国（今四川西充）人。曾任蜀汉太子家令、光禄大夫，魏将邓艾长驱入阴平攻成都，他极力劝说刘禅投降，被魏封为阳城亭侯。这句以谯周主降误国为憾。

⑤犹解：也懂得。

雨中登筹笔驿后怀古亭

北宋·张方平

山寒雨急晓冥冥①，更蹑苍崖上驿亭。
深秀林峦都不见，白云堆里乱峰青。

【注释】

①冥冥：自然景色幽暗深远貌。唐张籍《猛虎行》："南山北山树冥冥，猛虎白日绕林行。"

文同（1018—1079），字与可，号笑笑先生，人称石室先生，北宋梓州永泰（今四川盐亭）人。著名画家、诗人。宋仁宗皇祐元年（1049）进士，迁太常博士、集贤校理，历官邛州、大邑、陵州、洋州（今陕西洋县）等知州或知县。元丰元年（1078），赴湖州（今浙江吴兴）就任，世人称"文湖州"。元丰二年（1079）正月二十日，在陈州（今河南淮阳）病逝，未到任而卒。他与苏轼是从表兄，以学名世，擅诗文书画。主张画竹前"必得成竹于胸中"，此即成语"胸有成竹"的来源。有《丹渊集》四十卷。

鸣玉亭，筹笔之南

北宋·文同

层崖高百尺，亭即层崖下。
飞泉若环佩①，万缕当檐泻。
坐可脱赤热，听宜彻清夜②。
亭前树肤剥，为系行人马。

【注释】

①环佩：古人所系的佩玉。后多指女子所佩的玉饰。

②彻清夜：响彻清静的夜晚。

邹　浩（1060—1111），字志完，自号道乡居士，常州晋陵（今江苏常州）人。北宋元丰五年（1082）进士。累迁兵部侍郎。两谪岭表，复直龙图阁。著有《道乡集》四十卷。《宋史》卷三四、《东都事略》卷一〇〇、《咸淳毗陵志》卷一七有传。

偶　书

北宋·邹浩

朝天坊里朝天客，拱北①轩中拱北人。
唯有苍苍知此意，只应潜为启严宸②。

【注释】

①拱北：此指九井拱北，在今四川省广元市朝天区大滩镇新生村穆家坡，号静觉亭，始建于清康熙四十一年（1702），乾隆五十一年（1786）、1984年重修，2009年重建。民国《重修广元县志稿》载："马尊者（马恂一），固原人，康熙甲寅年（1674）归真，九井山建亭。"拱北占地1100多平方米，砖雕古建筑结构，厅内有墓3座，称大拱北；壁上悬"静觉亭"匾；室外有墓3座，称小拱北；大小拱北之间有墓2座。2011年3月，九井拱北被广元市人民政府公布为"广元市重点文物保护单位"。

②严宸（chén）：指京城，京师。

筹笔驿①

南宋·陆游

运筹陈迹故依然，想②见旌旗驻道边。
一等人间管城子③，不堪谯叟作降笺④。

【注释】

①这首诗宋乾道八年（1172）春作于绵谷（今四川广元）。原诗题下自注："有武侯祠堂。"该诗追想诸葛亮北伐曹魏的声威，谴责了力劝刘禅降魏的谯周。

②想：好像，如同。李白《清平调》其一："云想衣裳花想容，春风拂槛露华浓。"

③一等：一样，相同。晋王嘉《拾遗记·晋时事》："（石）崇常择美容姿相类者十人，装饰衣服大小一等，使忽视不相分别，常侍于侧。"管城子：毛笔的别称。唐韩愈作寓言《毛颖传》称毛笔为"管城子"。后因以"管城子"为毛笔的别称。

④谯叟：曾任蜀汉太子家令、光禄大夫，极力劝说刘禅投降，被魏封为阳城亭侯的谯周。降笺：投降书。

孙应时（1154—1206），字季和，号烛湖居士，余姚（今属浙江）人。南宋前期儒家名臣。宋孝宗淳熙二年（1175）进士。初为黄岩尉，有惠政。常平使者朱熹重之，与定交。丘崇帅蜀，宋光宗绍熙元年（1190）辟放制幕。策知吴曦之将叛，人服其先见。后知常熟县，移判邵武军，未上而卒。有文集十卷等，已佚。清四库馆臣据《永乐大典》辑为《烛湖集》二十卷。

题筹笔驿武侯祠

南宋·孙应时

北出当年此运筹，悠然欹卧与神谋[①]。
三军节制驯貔虎[②]，千里糇粮捷马牛[③]。
汉业兴亡唯我在，蜀山重复遣人愁。
驿前风景应如旧，江水无情日夜流。

【注释】

①欹（yǐ）卧：斜躺着身子。神谋：比喻神仙般的智谋。

②三军：古代军队前、中、后三军。貔（pí）虎：貔和虎，亦泛指猛兽，比喻勇敢强猛的军队。

③糇粮：干粮。马牛：木牛流马，即诸葛亮伐魏，运输军资粮草的交通工具。

薛　瑄（1389—1464），字德温，号敬轩。河津（今山西运城万荣里望乡平原村）人。明代著名思想家、理学家、文学家，河东学派创始人，世称"薛河东"。清人视薛学为朱学传宗，称之为"明初理学之冠""开明代道学之基"。有《薛文清公全集》。

自朝天驿回京[①]

明·薛瑄

去春舟发朝天驿，今夏朝天岭[②]上回。
水陆朝天行已遍，朝天从此上金台[③]。

【注释】

①朝天驿：筹笔驿。明《保宁府志》卷六《名胜纪·古迹》："筹笔旧驿，县北九十里，即今朝天驿。昔诸葛出师运筹于此。"清顾祖禹《读史方舆纪要》卷六十八《四川三·保宁府》："筹笔驿在县北八十里，诸葛武侯出师运筹于此。唐、宋皆因旧名，即今朝天驿也。《志》云：驿有朝天古渡，即潜水所经。"

②朝天岭：小漫天岭，在今四川省广元市朝天区朝天镇南、明月峡顶。严耕望著《唐代交通图考》第四卷"金牛成都驿道"引南宋范子长《皇朝郡县志》云："朝天岭即漫天寨也。"

③金台：金砌的台，华美的台。此处是黄金台的省称，比喻延揽士人之处。

题筹笔驿

清·王士禛

当年神笔走群灵①，千载风云护驿亭。
今日重过吊陈迹，只余愁外旧山青。

【注释】

①群灵：众神。《晋书·乐志上》："众神感，群灵仪。"此指诸葛亮在筹笔驿挥笔撰写《后出师表》、筹划军机北伐曹魏一事。

朝天驿舍与胡君兄弟夜话①

清·张问陶

客舍吾庐似，真忘蜀道难。
旧题书夏闰②，今雨话冬残。
水落金鳌③冷，云封石柜④寒。
关山势辽阔，何日到长安。

【注释】

①这首诗选自清张问陶撰、1986年中华书局版《船山诗草》卷四。胡君：未详其里籍、水平。

②夏闰：夏日延长。闰，余数，延长。

③金鳌：金鳌岭，在今四川省广元市朝天区沙河镇金鳌村。

④石柜：石柜阁，今四川省广元市利州区千佛崖。

川蜀纪游嘉陵
江上所见
文杰先生
属粲
甲午宾虹年九十一

《川蜀纪游嘉陵江上所见》（1894年）黄宾虹

黄宾虹（1865—1955），字朴存，祖籍安徽歙县，生于浙江金华市。中国近现代国画家，山水画大师，与齐白石合称『南黄北齐』。他是中国近现代美术史上的开派巨匠，被誉为『千古以来第一用墨大师』『中国人民优秀的画家』。经典画作有《拟孙雪居笔意》《深山夜画》等。

朝天岭·朝天关

十二首

　　朝天岭原名小漫天岭，踞于秦岭南麓、葨本山（曾家山）之南，在今广元市朝天区朝天镇南、明月峡顶。严耕望《唐代交通图考》第四卷"金牛成都驿道"引南宋范子长《皇朝郡县志》云："朝天岭即漫天寨也。"唐天宝十五年（756），唐玄宗避"安史之乱"幸蜀，蜀中百官在筹笔驿接驾朝觐天子，随后人们将"筹笔驿"改名"朝天驿"，"小漫天岭"改名"朝天岭"。岭上建关，取名"朝天关"。南宋《方舆胜览》卷六十六："朝天岭，在州北五十里，路径绝险。其后即朝天程旧路，在朝天峡栈阁，遂开此道，人甚便之。"《元史·赵阿哥潘传》："徒伐蜀，斩朝天关，乘嘉陵江至阆州。"明嘉靖《保宁府志》卷二："朝天岭，在县北六十里，乃蜀汉之通衢、朝天之要路，山势崔巍，径路绝险。"清顾祖禹《读史方舆纪要》卷六十八："朝天岭，县北六十里。山势崔巍，路径险绝。有朝天驿。……朝天关，在县北朝天岭上。"朝天岭、朝天关历史文化积淀丰富。唐代孙樵，宋代苏洵、苏轼、文同、陆游，明代杨慎，清代李调元等文人墨客在此凭吊书怀，留下千古不朽的诗章。

蜀栈道朝天关

蜀栈道朝天关（1932年）（日本）良秀生

宋祁（998—1061），字子京，祖籍安州安陆（今湖北安陆），后迁居开封府雍丘县（今河南民权）。北宋官员，著名文学家、史学家、词人。宋仁宗天圣二年（1024）进士。授翰林学士，进工部尚书，拜翰林学士承旨。曾与欧阳修等合纂《新唐书》。诗词工丽，其《玉楼春》词中有"红杏枝头春意闹"名句，世称"红杏尚书"。有《宋景文集》《宋景文笔记》《益部方物略记》等。

朝天岭

北宋·宋祁

天岭循归道，征旟面早暾①。
滩声逢石怒，山气附林昏。
谷啭②如禽哢，尘交作马痕。
萋萋芳草意，无乃③为王孙。

【注释】

①旟（yú）：古代画着鸟隼的军旗。早暾（tūn）：犹朝暾，朝阳，初升的太阳。

②谷啭（zhuàn）：布谷鸟婉转地鸣叫。

③无乃：相当于"莫非""恐怕是"，表示委婉测度的语气。

苏　洵（1009—1066），字明允，号老泉，眉州眉山（今四川眉山）人。北宋文学家。与其子苏轼、苏辙并以文学著称于世，世称"三苏"，均被列入"唐宋八大家"。宋仁宗嘉祐五年（1060），任秘书省校书郎，次年迁霸州文安县主簿，与姚辟同修礼书《太常因革礼》，寻病卒。著有《嘉祐集》二十卷、《谥法》三卷，均与《宋史本传》并传于世。

水官诗（节录）①

北宋·苏洵

风师②黑虎囊，面目昏尘烟。
翼从③三神人，万里朝天关。

【注释】

①这首诗选自王琳、邢培顺编选，2007年凤凰出版社版《苏洵苏辙集》，是苏洵为唐代著名画家阎立本所画《水官图》题的诗。水官：水正。传说中的上古行官之一。此指阎立本所画《水官图》。

②风师：传说中的风神。

③翼从：辅翼随从。

依韵和图南五首之二·过朝天岭

北宋·文同

双壁相参万木深，马前猿鸟亦难寻。
云容杳杳①断鸿意，风色萧萧②行客心。
山若画屏随峡势，水如衣带转岩阴。
生平来往成何事，且倚钩栏拥鼻吟③。

【注释】

①杳杳：幽远貌。

②萧萧：形容凄清、寒冷。

③钩栏：随屋（或山）势高下曲折的栏杆。拥鼻吟：《晋书·谢安传》："安本能为洛下书生咏，有鼻疾，故其音浊，名流爱其咏而弗能及，或手掩鼻以效之。"后以"拥鼻吟"指用雅音曼声吟咏。

苏 轼（1037—1101），字子瞻、和仲，号东坡居士，世称苏东坡、苏仙，眉州眉山（今四川眉山）人，北宋著名文学家、书法家、画家，历史治水名人。北宋中期文坛领袖。诗题材广阔，清新豪健，善用夸张比喻，独具风格，与黄庭坚并称"苏黄"；词开豪放一派，与辛弃疾并称"苏辛"；散文著述宏富，豪放自如，与欧阳修并称"欧苏"，为"唐宋八大家"之一；善书，与蔡襄、黄庭坚、米芾并称"宋四家"；擅长文人画，尤擅墨竹、怪石、枯木等。著有《东坡七集》《东坡易传》《东坡乐府》《潇湘竹石图卷》等。《念奴娇·赤壁怀古》《水调歌头·丙辰中秋》传诵甚广。

神女庙（节录）

北宋·苏轼

神仙岂在猛，玉座①幽且闲。
飘萧驾风驭②，弭节③朝天关。

【注释】

①玉座：佛寺道观的神座。作"仙人"代称。

②飘萧：飘逸潇洒。驭：驾驶车马。

③弭节：按节，途中暂时驻留。

范祖禹（1041—1098），字淳甫，一字梦得，成都华阳（今四川成都双流）人。宋仁宗嘉祐八年（1063）甲科进士，从司马光编修《资治通鉴》，在洛十五年，书成，为秘书省正字。哲宗立，迁给事中。累至翰林学士、以龙图阁学士知陕州，贬昭州，卒。博通文史，勤于著述，今存《范太史集》《唐鉴》《帝学》《中庸论》《古文孝经说》等。《宋史》有传。

过朝天岭

北宋·范祖禹

夜上朝天晓不极，举头唯见苍苍色。
回看初日半轮明，下视嘉陵千丈黑。

地拆①天开此险成，飘萧②毛发壮心惊。
人间行路难如此，叹息何时险阻平。

【注释】
①地拆：裂开，分裂。拆，通"坼"。
②飘萧：鬓发稀疏貌。唐杜甫《义鹘行》："飘萧觉素发，凛欲冲儒冠。"

韦　骧（1033—1105），字子骏，本名让，避濮王讳改名，钱塘（今浙江杭州）人。宋仁宗皇祐五年（1053）进士。历福建转连判官、主客郎中。绍圣二年（1095）提点夔州路刑狱。移知亳州。宋徽宗建中靖国元年（1101）除知明州丐宫祠，以左朝议大夫提举洞霄宫，卒。工诗文。著有文集十八卷、赋二十卷，均与《宋史·艺文志》并传于世。

过朝天岭

北宋·韦骧

崔嵬陟尽复凌兢①，暂舍银鞍杖策行②。
栈阁架空霄路近，栏干护险晓云平。
仰看翠壁层城③峻，下瞰长江一带萦④。
自惜仙才难蜀道，始知难此不虚名。

【注释】

①崔嵬：本指有石的土山，后泛指高山。陟：登高。凌兢：亦作"凌竞"，形容寒凉。

②银鞍：银饰的马鞍，代指骏马。杖策：执马鞭，谓策马而行。

③层城：本指古代神话中昆仑山上的高城。此指高山之巅。

④长江：此指朝天岭下的嘉陵江（长江的支流）。萦：回旋环绕。

朝天岭

明·杨慎

落日半山坳，掩映栗叶赤。①
行客早知休，前溪多虎迹。

【注释】

① "落日"两句：意谓太阳落到半山坳，余光掩映下
的板栗树叶红得耀眼。

　　傅抱石（1904—1965），原名长生、瑞麟，号抱石斋主人，生于江西南昌，祖籍江西新余。我国现代著名画家、"新山水画"代表画家、金石家、美术理论家和美术教育家，是继齐白石、徐悲鸿等大师之后又一位中国画坛巨星。出版有《傅抱石画集》《罗马尼亚写生集》《中国绘画理论》等，代表作有《兰亭图》《丽人行》《九歌图·湘夫人》《江南春》等。

任甲第（生卒年不详），字子荐，四川资阳人。明神宗万历二年甲戌（1574）三甲进士。曾任平阳府（今山西临汾）知府。

朝天岭因怀孔明从此出师感赋

明·任甲第

朝天岭上翠霞稠，多少关山自垅头①。
九折②险途云外度，一江湍水硖③中流。
金城在昔称天府④，剑阁凌空障益州。
却忆汉师虚六出⑤，至今烟雨使人愁。

【注释】

①垅头：亦作"陇头"，陇山。借指边塞。明徐祯卿《送士选侍御》诗："胡天飞尽陇头云，唯见居庸暮山紫。"

②九折：九折岩，俗称"九道拐"，在今四川省广元市朝天区朝天镇朝天岭下，因"盘曲九折，直达绝顶"而得名。

③硖：古同"峡"，两山间的溪谷。

④金城在昔称天府：此指陕西关中地区。《史记·留侯世家》："夫关中左崤函，右陇蜀，沃野千里……此所谓金城千里，天府之国也。"

⑤却忆汉师虚六出：诸葛亮统帅蜀汉军队六出祁山［实为建兴五年（227）至建兴十二年（234）的"五次伐魏"］，长达七年之久，虽苦心筹谋，但因国力不济，频繁劳师远征，功效甚微。

黄　辉（1555—1612），字平倩，一字昭素，号慎轩，又号怡春居士、铁庵居士、无知居士、莲花中人、云水道人，南充（今四川南充高坪）人。明代诗人、书法家，明光宗朱常洛老师。万历十七年（1589）中一甲进士，入选翰林院庶吉士，迁右春坊右中允，为皇长子讲官。万历三十九年（1611）升少詹事兼侍读学士。次年（1612）病卒，被追赠为礼部右侍郎。其诗清新轻俊，自舒性灵，状景抒情，真切动人，与"公安派"主将陶望龄（周望）齐名；书法布局疏朗，行气脱落，韵致潇洒，墨法圆润，与当时杰出书画家董其昌（思白）并驾，被世人誉为"诗书双绝"。遗著有《铁庵集》《平倩逸稿》《怡春堂集》《慎轩文集》等，皆由门人故旧集成，多佚亡。《明史》有传。

曹友闻祠①

明·黄辉

卷地尘来可奈何②，大旗风雨动关河③。
荒林不辨将军树，古岭④空传壮士歌。
深夜有人闻铁马，斜阳无事看金戈。
空江萧瑟英雄泪，流入岩石怨恨多。

【注释】

①此诗版本较多，个别文字出入较大，今以清嘉庆

《徽县志·艺文》为底本、清乾隆《四川保宁府广元县志·艺文》为参校本进行校释。曹友闻祠：又名"褒忠祠"，在今川北广元市朝天区朝天镇朝天岭。南宋朝廷为纪念抗蒙名将曹友闻而建。2012年7月16日，四川省人民政府将曹友闻祠遗址公布为"第八批省级文物保护单位"。曹友闻（？—1236），字允叔，同庆府栗亭（今甘肃徽栗川镇）人。南宋抗蒙名将，端平三年（1236）九月，在宋蒙阳平关大战中壮烈牺牲。宋理宗追赠为龙图阁大学士、大中大夫，谥"毅节"，赐庙"褒忠"。

②卷地尘来：此处用以形容蒙古军进攻的气势。宋理宗端平三年（1236）八月，蒙古大汗窝阔台之子阔端合西夏、女真、吐蕃、渤海军五十万南征，其气势如"卷地尘来"。可奈何：哪有什么办法。可，岂，哪。奈何，如何，怎么办，怎么样。

③"大旗"句：左骁骑大将军利州驻扎御前诸军统制曹友闻奉制置使赵彦呐之命率所部增援大安，九月，在阳平关与蒙军殊死战斗，血流成河，可谓"动关河"，泣鬼神。由于力量对比悬殊，曹友闻与其弟阵亡，宋军皆殁。

④古岭：朝天岭。

岳钟琪（1686—1754），字东美，号容斋，又号姜斋，岳飞第二十一世嫡孙，四川成都人。清代康熙、雍正、乾隆时期名将，清朝唯一一位汉族大将军，"文官不爱钱，武将不惜死"的中国古代杰出代表人物。康熙六十年（1721）以平定西藏乱事升任四川提督。雍正元年（1723）随年羹尧破罗卜藏丹津于青海，后又率军参与平定准噶尔叛乱，官至川陕总督、宁远大将军，封三等威信公。曾疏请以陕甘两省丁银摊入地亩征收，后被清廷著为定例；又在少数民族地区实行"改土归流"，声威振荡一时。雍正帝称他为"当朝第一名将"，乾隆帝称他为"三朝武臣巨擘"。岳钟琪好吟诗，著有《姜园集》《蛮吟集》《复荣集》。今存清道光《容斋诗集》古棠书屋刻本、清《威信公诗集》光绪十年（1884）刻本。

朝天关①

清·岳钟琪

盘曲上崇椒②，崎岖倍觉劳③。
水深因岸狭④，山峻带云高⑤。
昔过年三纪⑥，今来鬓二毛⑦。
停车增慨叹⑧，斜日照秋袍⑨。

【注释】

①这首诗流传版本较多，个别文字出入较大。今以

1984年巴蜀书社版清嘉庆《四川通志》（卷二十七）为底本，1986年巴蜀书社版清《国朝全蜀诗钞》（卷九）、清《威信公诗集》光绪十年（1884）刻本为参校本，进行校释。

②盘曲：《国朝全蜀诗钞》作"盘屈"。崇椒：高峻的山顶。明宋濂《阅江楼记》："当风日清美，法驾幸临，升其崇椒，凭阑遥瞩，必悠然而动遐想。"椒，山巅，山顶。

③崎岖倍觉劳：《国朝全蜀诗钞》作"崎岖力倍劳"；《威信公诗集》作"雄关设险牢"。

④水深因岸狭：《威信公诗集》作"涛声侵岸阔"。

⑤山峻带云高：《国朝全蜀诗钞》作"山险带云高"；《威信公诗集》作"天影带云高"。

⑥年三纪：《威信公诗集》作"垂三纪"。三纪，三十六年（岁）。纪，古代纪年单位，十二年为一纪。

⑦鬓二毛：《威信公诗集》作"感二毛"。鬓，脸两旁近耳的头发。二毛，人老头发斑白，故以此称老人。《左传·僖公二十二年》："君子不重伤，不禽二毛。"

⑧停车增慨叹：《国朝全蜀诗钞》作"停车增感慨"；《威信公诗集》作"停车还旧访"。

⑨照秋袍：《国朝全蜀诗钞》作"晃征袍"；《威信公诗集》作"照征袍"。

高 辰（1724—1774），字元石，号白云，四川金堂人。乾隆十六年（1751）进士。选庶吉士，改授江苏清县知县，升礼部主事，官至凤阳府同知。有《白云堂诗文集》。

朝天关①

清·高辰

巴山秦岭初分岫②，汉水洮河③此合流。
见说昔年筹笔驿，朝天今可驾飞舟。

石磴崎岖山雾迷，江流东下日沉西。
孤鞍瘦影④频回首，一树梅花发野堤。

【注释】

①这首诗选自清常明、杨芳灿等纂修，1984年巴蜀书社版嘉庆《四川通志》卷二十七。清孙桐生选辑、1986年巴蜀书社版《国朝全蜀诗钞》卷十二亦载。

②分岫（xiù）：犹分界。岫，峰峦，山或山脉的峰顶。三国魏嵇康《忧愤诗》："采薇山阿，散发岩岫。"

③汉水：此指西汉水，即嘉陵江。洮河：水名，发源于青海省河南蒙古族自治县西倾山东麓，是黄河上游水量仅次于渭河的一级支流，甘肃省第三大河。

④孤鞍：匹马单身，指独自旅行。瘦影：夕阳西下，人物影子拉长变瘦。

唐乐宇（约1740—1791），字尧春，号九峰，别号鸳港，四川绵竹人。乾隆三十一年（1766）进士。由礼部郎中官至贵州南笼府（今贵州黔西南州兴义）知府。著有《黔南诗存》《南笼遗稿》《东络山房诗文集》《奇门纪要》。清嘉庆《四川通志》有传。

朝天关

清·唐乐宇

愁听奔雷百折滩，崚嶒峭阁俯江干①。
戍旗落日关山迥②，铃铎③西风草树寒。
烟外帆樯通广汉④，云中宫阙望长安。
题诗莫漫愁孤绝，千古魂消蜀道难。

【注释】

①崚嶒（léng céng）：高耸突兀，特出不凡。江干：江边，江畔。南朝齐梁范云《之零陵郡次新亭》诗："江干远树浮，天末孤烟起。"唐王勃《羁游饯别》诗："客心悬陇路，游子倦江干。"

②戍旗：边防军的旗帜。迥（jiǒng）：远。

③铃铎（duó）：金属响器名。大者为铃，小者为铎。作为警戒、教化、斋醮、奏乐之用。此指挂于楼阁檐角的风铃。

④帆樯：船帆与桅樯，代指舟楫。广汉：秦朝时为雒

县。汉高祖六年（前201）置广汉郡，元置汉州，明、清因之。民国二年（1913）改汉州为广汉县。1988年撤县设市。位于"天府之国"成都平原腹心地带，自古有"蜀省之要衢，通京之孔道"之说。

七盘岭·七盘关

六首

　　五盘岭，亦名七盘岭，在今四川省广元市朝天区中子镇黎明村与陕西宁强县汉源镇七盘关村交界处。因山脚至山顶，道路需盘旋七次，故名七盘岭。取径路而上，则需盘旋五次，又名五盘岭。上有七盘关，唐初置，素有"秦蜀第一关"之称。《大明一统志》卷六十八："七盘岭，在广元县北一百七十里。一名五盘岭。"嘉庆《大清一统志》卷三百九十："七盘岭，在广元县北一百七十里。一名五盘岭，与陕西宁羌州接界，自昔为秦蜀分界处。石磴七盘而上，因名。"《大清一统志》卷三百九十一："七盘关，在广元县北一百七十里，七盘岭上。明初与二郎、百丈诸关皆有兵戍守。"戴均良《中国古今地名大词典》："七盘关在今陕西省宁强县西南与四川省广元市交界处。地当川、陕交通要隘。明崇祯十年（1637），李自成率军自秦州由此入蜀。"七盘关历史文化积淀丰富。卢照邻、沈佺期、杜甫、岑参、陆游、王守仁、杨慎、王士禛、张问陶、曾国藩等历代文人墨客在此吊古抒怀，留下不朽诗章。

七盘关　张大千

夜宿七盘岭①

唐·沈佺期

独游千里外，高卧七盘西。
山月临窗近，天河入户低。
芳春平仲②绿，清夜子规③啼。
浮客空留听④，襃城⑤闻曙鸡。

【注释】

①此诗描写旅途夜宿七盘岭的情景，抒发作者惆怅不寐的愁绪。

②平仲：银杏的别称。

③子规：杜鹃鸟的别名。相传为古蜀王杜宇（号望帝）之魂所化，暮春鸣声悲切，如唤"不如归去"。古以为蜀鸟的代表，多用作离愁的寄托。

④浮客：游子，诗人自指。空留听：杜鹃鸟催归，而自己不能归去。

⑤襃城：襃城县。隋仁寿元年（601）改襃内县置，治今陕西省汉中市西北打钟寺。属汉川郡。唐初属梁州，后属兴元府。南宋嘉泰年间移治今勉县东襃城镇。元属兴元路。明、清属汉中府。1958年撤销。

五　盘①

唐·杜甫

五盘虽云险，山色佳有余。
仰凌栈道细，俯映江木疏。②
地僻无网罟③，水清反多鱼④。
好鸟不妄飞⑤，野人半巢居⑥。
喜见淳朴俗，坦然心神舒。
东郊尚格斗，巨猾何时除。⑦
故乡有弟妹，流落随丘墟⑧。
成都万事好，岂若归吾庐。⑨

【注释】

①《全唐诗》录此诗题下注："七盘岭在广元县北，一名五盘。栈道盘曲，有五重。"此诗唐乾元二年（759）十二月自同谷县（今甘肃成县）赴蜀途中所作，赞美五盘山川景物、风土人情，抒写了战乱中挂念弟妹、想念故乡的情怀。

②"仰凌"二句：仰望栈道天空，俯视江水映木。山高，故云"细"；岁寒叶落，故云"疏"。

③网罟（gǔ）：捕鱼及捕鸟兽的工具。

④"水清"句：因"地僻"无人捕捞，故虽"水清"而"反多鱼"。

⑤好鸟：美鸟，美善之鸟。妄飞：乱飞。水清多鱼，鸟不乱飞，言其地之幽以及人民的安定。

⑥野人：农夫，乡民。巢居：栖宿树上，意谓当地民风古朴，住房简陋。

⑦"东郊"两句：写京都长安及东都洛阳以东地区的战争。天宝十五年（756），安禄山起兵叛乱，很快攻占了长安、洛阳。两年后，唐军收复二京。乾元二年（759）九月，安禄山旧部又起兵反唐，洛阳再度沦陷，附近一带成为战场。后经反复征讨，直到广德元年（763）才平息了叛乱。当时战乱如麻，故言"东郊尚格斗"。格斗，战争。巨猾，极狡猾的人，此指史思明。

⑧丘墟：废墟，荒地。

⑨"成都"两句：与李白《蜀道难》中"锦城虽云乐，不如早还家"二句同义，但抒发的感情却更为强烈。岂若，怎么比得上。庐，（简陋的）房屋，此指家、家乡。

早上五盘岭①

唐·岑参

平旦驱驷马②，旷然③出五盘。
江回两崖斗④，日隐群峰攒⑤。
苍翠烟景⑥曙，森沉⑦云树寒。
松疏露孤驿，花密藏回滩⑧。
栈道溪雨滑，畬田⑨原草干。
此行为知己⑩，不觉蜀道难。

【注释】

①这首诗是岑参于大历元年（766）二月随杜鸿渐入蜀平叛乱途中所作，写山岭景物，明丽淡雅；写奇险栈道，却无旅途的愁苦，表现了作者奋发的乐观精神和要求帝国统一安定的愿望。

②平旦：清晨。驷马：古代一车套四马，指显贵的车乘，此指作者所骑的马。

③旷然：平坦开阔的样子。

④江回：江流曲折。斗：对峙。

⑤日隐：浮云遮日的时候。攒（cuán）：集聚，这里形容山峰交错相连。

⑥烟景：云烟缭绕的景色。

⑦森沉：林木繁茂幽深。

⑧回滩：曲折流急的河道。

⑨畲（shē）田：采用刀耕火种的方法耕种的田地。

⑩知己：知心朋友。此指唐名医杜鸿渐。大历元年(766)二月，杜鸿渐以宰相兼山南西道，剑南东、西川副元帅，剑南西川节度使，入蜀平叛乱。杜表岑参为职方郎中兼殿中侍御史，入幕协助平叛，遂同入蜀。

王守仁（1472—1529），字伯安，别号阳明，学者称之为阳明先生，谥号文成。浙江余姚人。明弘治十二年（1499）进士。仕于孝宗、武宗、世宗三朝，累官两广总督、兵部尚书、左都御史，封新建伯。明代著名的思想家、哲学家、军事家、文学家、书法家、教育家，陆王心学的集大成者，中国历史上屈指可数的立德、立功、立言"三不朽"的典型。其学说，如致良知、知行合一等，是明代影响最大的哲学思想，对当世以及清代、近现代均产生了巨大的影响。著有《王文成公全书》《大学问》《传习录》。中华书局出版有《王文成公全书》《王阳明集》，上海古籍出版社出版有《王阳明全集》。

七　盘

明·王守仁

鸟道萦纡①下七盘，古藤苍木峡声寒。
境多奇绝非吾土，时可淹留是谪官②。
犹记边峰传羽檄③，近闻苗俗化衣冠。
投簪实有居夷志④，垂白难承菽水欢⑤。

【注释】

①萦纡：盘旋弯曲，回旋曲折。

②淹留：羁留，逗留。谪官：被贬降的官吏。明正德元年（1506），王守仁因反对宦官刘瑾，被贬为贵阳

龙场驿丞。此诗是明正德二年丁卯（1507）作者赴谪贵阳龙场驿、途经川陕交界处七盘岭所作。

③羽檄（xí）：古代军事文书，插鸟羽以示紧急，必须迅速传递。

④投簪：丢下固冠用的簪子，比喻弃官。居夷：亦作"居彝"，本指居住在东方九夷之地，后泛指居住在少数民族地区。王守仁在环境极其险恶的贵州龙场，通过自身经验而"大悟"，体悟到"心即理"，"天下之物本无可格者；其格物之功，只在身心上做"。以成圣之志，动心忍性，格得万般"人情事变"。其《居夷诗》也记述了他格物正心致中和的实践经历。

⑤垂白：白发下垂，谓年老。菽（shū）水：豆与水，指所食唯豆和水，形容生活清苦。

川陕古道西秦第一关 何海霞

七盘劳歌①

明·杨慎

一盘溪谷低，仰首愁攀跻。
蚕崖②白云上，鸟道金天西③。

二盘行渐难，谷口野风寒。
石磴愁旋马④，行人各解鞍⑤。

三盘云雾堆，侧径转迂回。
前旌正延伫⑥，骏骑莫相催。

四盘连翠微⑦，峰日隐晴辉。
石齿啮人足，树枝罥⑧人衣。

五盘势更高，俯见栖鸟巢。
岩峦暂相倚，人马同时劳。

六盘穷攀缘，真似上青天。
下瞰巳峻绝，上望更巍然。

七盘险栈平，眺望倚分明。
西征通蜀道，北望指秦城⑨。

【注释】

①劳歌：劳作者之歌，亦指惜别之歌。

②蚕崖：关名。在四川省成都都江堰市西北。其处江山险绝，凿崖通道，有如蚕食，故名。唐杜甫《赠王二十四侍御契》诗："灌口江如练，蚕崖雪似银。"仇兆鳌注引《寰宇记》："蚕崖，在导江县西北四十七里。"此借指七盘关。

③金天：秋天，秋天的天空。唐陈子昂《送著作佐郎崔融等从梁王东征》诗："金天方肃杀，白露始专征。"赵殿成笺注："金天，唐人多使金天字，即秋天也。秋于五行属金，故曰金天。"或指西方之天。唐李白《上云乐》："金天之西，白日所没。"胡士莹校注："就是西天。金……于方位属西。"

④旋马：掉转马身。《宋史·李沆传》："沆性直谅，内行修谨……治第封丘门内，厅事前仅容旋马。"

⑤解鞍：解下马鞍。表示停驻。

⑥前旌：帝王、官吏仪仗中前行的旗帜。延伫：亦作"延竚"，久立，久留。

⑦翠微：青翠的山。

⑧罥（juàn）：缠绕，悬挂。唐杜甫《茅屋为秋风所破歌》："高者挂罥长林梢，下者飘转沉塘坳。"

⑨秦城：陕西咸阳。战国秦孝公十二年（前350）自栎阳迁都于此，秦建都咸阳，次年定都咸阳。秦始皇定都咸阳，使之成为中国第一帝都。

入七盘关

清·张问陶

关前笑语聚乡人，慰问依依若比邻①。
万里乍归尘面瘦，七盘轻上马蹄驯。
鸟怜杜宇②皆思蜀，山爱峨嵋不向秦。
修竹吾庐③如在眼，那堪客路尚经旬。

【注释】

①依依：依恋不舍貌。比邻：近邻，邻居。

②杜宇：鸟名，亦称杜鹃、子规、望帝、谢豹等。相传为蜀王杜宇（号望帝）之魂所化，春天昼夜啼叫，声甚哀切。宋葛立方《韵语阳秋》卷十六《成都记》："杜宇又曰杜主，自天而降，称望帝，好稼穑，治郫城。后望帝死，其魂化为鸟，名曰杜鹃。"

③修竹：细长的竹子。吾庐：我的屋舍。

参考文献

1. （北周）庾信撰，（清）倪璠注、许逸民校点：《庾子山集注》，中华书局，1980年。

2. 中华书局编辑部校注：《全唐诗》，中华书局，1999年。

3. 倪木兴选注：《初唐四杰诗选》，人民文学出版社，2001年。

4. （唐）沈佺期、宋之问撰，陶敏、易淑琼校注：《沈佺期宋之问集校注》，中华书局，2009年。

5. 王辉斌著：《孟浩然新论》，武汉大学出版社，2017年。

6. （唐）孟浩然撰，李景白校注：《孟浩然诗集校注》，中华书局，2018年。

7. （唐）李白著，（清）王琦注：《李太白全集》，中华书局，2011年。

8. （唐）杜甫著，（清）钱谦益笺注、郝润华整理：《杜甫诗集》，上海古籍出版社，2021年。

9. （唐）岑参撰，廖立笺注：《岑参诗笺注》，中华书局，2018年。

10. 谢永芳编著：《元稹诗全集》，崇文书局，2016年。

11．（唐）李商隐著，（清）朱鹤龄笺注，田松青点校：《李商隐诗集》，上海古籍出版社，2015年。

12．北京大学古文献研究所编：《全宋诗》，北京大学出版社，1998年。

13．王琳、邢培顺编选：《苏洵苏辙集》，凤凰出版社，2007年。

14．（宋）文同著，胡问涛、罗琴校注：《文同全集编年校注》，巴蜀书社，1999年。

15．（宋）陆游著，钱仲联校注：《剑南诗稿校注》，上海古籍出版社，2005年。

16．欧小牧编：《陆游年谱》，人民文学出版社，1981年。

17．（清）朱彝尊编：《明诗综》，上海古籍出版社，1993年。

18．（近代）傅增湘辑：《明蜀十三家诗钞》，巴蜀书社，1986年。

19．（明）唐寅撰，陈书良、周柳燕笺注：《唐伯虎集笺注》，中华书局，2020年。

20．饶龙隼选注：《何景明诗选》，人民文学出版社，2009年。

21．（明）王守仁著，王晓昕、赵平略点校：《王阳明集》，中华书局，2016年。

22．（明）杨慎撰：《升庵集》，上海古籍出版社，1993年。

23．（清）孙桐生选辑：《国朝全蜀诗钞》，巴蜀书社，1986年。

24．（清）王士禛著，李毓芙、牟通、李茂肃整理：《渔洋精华录集释》，上海古籍出版社，1999年。

25．（清）王士禛著，袁世硕主编：《王士禛全集》，齐鲁书社，2007年。

26．（清）张问陶撰：《船山诗草》，中华书局，1986年。

27．（清）曾国藩撰：《曾文正公诗文集》，朝华出版社，2018年。

28．（清）曾国藩著：《曾国藩全集》，中华书局，2018年。

29．（清末民初）徐世昌编：（清）《晚晴簃诗汇》，中华书局，2018年。

30．雍思政编注：《朝天历代诗歌汇释》，中国文联出版社，2014年。

31．游国恩、王起、萧涤非、季镇淮、费振刚主编：《中国文学史》（修订本），人民文学出版社，2002年。

32．杨世明著：《巴蜀文学史》，巴蜀书社，2003年。

33．（明）刘大谟、杨慎等纂修：（嘉靖）《四川总志》，书目文献出版社，1998年。

34．（清）常明、杨芳灿等纂修：（嘉庆）《四川通志》，巴蜀书社，1984年。

35．（清）张赓谟纂修：（乾隆）《四川保宁府广元县志》，《四川历代方志集成》（第四辑第16册），国家图书馆出版社，2017年。